A LOURA

Duane Swierczynski

A LOURA

Tradução
Antônio E. de Moura Filho

Título original
THE BLONDE

Esta é uma obra de ficção. Todos os personagens, organizações e acontecimentos retratados nesta publicação são produtos da imaginação do autor, foram usados de forma fictícia.

Copyright © 2006 by Duane Swierczynski

Todos os direitos reservados. Nenhuma parte desta obra pode ser reproduzida ou transmitida por qualquer forma ou meio eletrônico ou mecânico, inclusive fotocópia, gravação ou sistema de armazenagem e recuperação de informação, sem a permissão escrita do editor.

Edição brasileira publicada mediante acordo com o autor, a/c Baror International, Armonk, Nova York, EUA.

Direitos para a língua portuguesa reservados com exclusividade para o Brasil à
EDITORA ROCCO LTDA.
Av. Presidente Wilson, 231 – 8º andar
20030-021 – Rio de Janeiro – RJ
Tel.: (21) 3525-2000 – Fax: (21) 3525-2001
rocco@rocco.com.br / www.rocco.com.br

Printed in Brazil/Impresso no Brasil

preparação de originais
MÔNICA MARTINS FIGUEIREDO

CIP-Brasil. Catalogação na fonte.
Sindicato Nacional dos Editores de Livros, RJ.

S979L Swierczynski, Duane, 1972-
        A loura / Duane Swierczynski; tradução de Antônio
    E. de Moura Filho. – Rio de Janeiro: Rocco, 2012.
    14x21 cm

    Tradução de: The blonde
    ISBN 978-85-325-2724-0

    1. Ficção policial norte-americana. I. Moura Filho,
    Antônio E. de. II. Título.

11-8132   CDD-813
                                   CDU-821.111(73)-3

Para Sunshine, a outra ruiva de minha vida

Era uma loura. Uma loura de fazer um bispo deixar um buraco em um vitral com um chute.

— RAYMOND CHANDLER

21:13

Bar Liberties,
Aeroporto Internacional de Filadélfia

— Envenenei sua bebida.
— Oi?
— Você ouviu.
— Mmm... acho que não.
A loura ergueu a taça de cosmopolitan e disse:
— Saúde!
Jack, entretanto, não retribuiu o gesto. Continuou com a mão no copo contendo os dois últimos dedos de submarino que vinha enrolando nos últimos 15 minutos.
— Você disse que me *envenenou*?
— Você é da Filadélfia?
— Me envenenou com o quê?
— Poderia fazer a gentileza de responder à pergunta de uma garota?

Jack deu uma olhada em volta daquele bar no aeroporto, cuja decoração conferia-lhe o aspecto semelhante a uma taverna colonial, apenas com placas de neon da *Coors Light*. Em vez de abrirem mais dois portões no terminal, abriram um bar, cercado por mesinhas espremidas umas às outras. Quem se sentava no bar ficava de cara para umas chapas pretas empoeiradas, cheias de tubos (os fundos das placas de neon), um recipiente metálico de gelo, amassado, bicos dosadores plásticos vermelhos, enfiados nos gargalos de garrafas de Herradura, Absolut Citron, Dewar's e um porta-guardanapos de plástico com o logotipo JACK & COKE: AMERICA'S COCKTAIL. Para quem fazia escala e tinha de esperar muito tempo pelo próximo voo, aquele bar era a única opção. Afinal, quem era o doido que passaria a noite inteira comprando lembrancinhas da Filadélfia? Obviamente, então, o bar ficava lotado.

Surpreendentemente, porém, Jack foi o único que escutou o que ela disse. O cara de terno cinza escuro parado próximo à garota não escutou. O *bartender*, de colete preto e camisa branca com as mangas dobradas até os cotovelos, não escutou.

– Você está de sacanagem com a minha cara.
– Só porque perguntei se é da Filadélfia?
– Não. Estou falando da história do veneno.
– De novo isso? De uma vez por todas, eu envenenei você, sim. Pinguei um líquido inodoro e insípido em sua cerveja enquanto você olhava para uma morena de traseiro escultural e peito caído. Aquela que falava ao celular, passando a mão no cabelo.

Jack parou para pensar.
– Então, beleza. Cadê o conta-gotas?
– Que conta-gotas?
– O que você usou pra pingar o veneno em minha bebida. Deve ter usado alguma coisa pra pingar.
– Ah, vou lhe mostrar o conta-gotas. Depois que responder à minha pergunta. Você é da Filadélfia?
– Que diferença faz? Você me envenenou; estou prestes a empacotar aqui na Filadélfia; acho então que, a partir de agora, ficarei aqui mesmo.
– Coisa nenhuma. Vão mandar seu corpo pra casa.
– Eu me referia ao meu espírito. Meu espírito ficará na Filadélfia pra sempre.

– Você acredita em fantasma?

Jack conseguiu dar um sorriso. Que coisa deliciosamente sinistra. Ele estava tentando adiar o inevitável: uma corrida de táxi por uma cidade estranha até um hotel para executivos totalmente sem graça, onde tentaria tirar as pouquíssimas horas de sono que pudesse antes do temido compromisso às oito da manhã seguinte.

– Vamos dar uma olhada nesse conta-gotas.

A loura maravilhosa sorriu.

– Só depois que responder à minha pergunta.

Que mal havia? Tudo bem que, convenhamos, se a loura estivesse só tentando puxar papo, não poderia ter escolhido técnica pior. Pelo que Jack sabia, era assim que as vigaristas abordavam os executivos cansados em bares de aeroportos. Mas tudo bem. Ele sabia que, se aquela conversa tomasse algum rumo que o fizesse tirar a carteira do bolso ou passar o número do Seguro Social, pararia ali mesmo. Sem crime, sem queixa.

– Não, não sou da Filadélfia.

– Bom. Odeio a Filadélfia.

– Acredito que você seja daqui.

– Não. Pode acreditar que não.

– Putz, quanto rancor.

– O que há de interessante aqui?

– O Sino da Liberdade, por exemplo.

– Que coincidência. Eu li sobre o sino na revista de bordo. Em todas as edições, eles reservam a última página para contar a história de algum ponto turístico famoso. Dizem que o Sino da Liberdade rachou na primeira vez em que o tocaram.

– Em 1776.

– *Errado*. Você deveria ter lido a matéria, meu amigo. A Filadélfia vem mantendo essa mentira há *anos*. O sino não foi tocado em 1776. E, pior ainda, foi fabricado na Inglaterra. Pois é... aquele país contra o qual nos rebelamos. Fala sério! Que absurdo, minha gente!

– Você acaba de estragar a imagem que tenho da Filadélfia.
– Querido, isso não é nem o começo.
Jack sorriu e tomou o resto da cerveja. Não havia pressa. Era melhor até pedir mais um – desta vez, só cerveja, sem uísque. Ele já tinha tomado dois submarinos, e não adiantara de nada. Não conseguia parar de pensar no problemão que vinha enfrentando nos últimos meses. Era melhor relaxar, dar uma sacada nas pessoas ali no aeroporto. As pessoas que tinham algum objetivo na vida. Que sabiam muito bem o destino que estavam tomando e o que estavam fazendo.

A loura olhava para a mão dele. A princípio, Jack achou que estivesse olhando para sua aliança que, por puro vacilo, ele mantivera no dedo. Mas então percebeu que ela prestava atenção ao copo em sua mão.

– Sua bebida acabou.
– Você é muito observadora. Ainda tem alguma coisa aí no seu copo?

A garota deu um sorriso tímido.
– Por quê? Está me oferecendo uma bebida? Mesmo depois de eu tê-lo envenenado?
– É o mínimo que posso fazer. O que você está tomando? Um martíni?
– Deixe isso pra lá. Preciso lhe dizer o que esperar em termos de sintomas.
– Do veneno líquido indetectável.
– Isso.
– Prossiga.
– A coisa rola em estágios. Primeiro... – Ela olhou para o relógio de prata no pulso. – Bem, daqui a mais ou menos uma hora, você vai começar a sentir um nó no estômago. Logo em seguida, espero que esteja perto de um banheiro, pois vai começar a vomitar até as tripas.

– Que maravilha!
– Imagine a pior ressaca de sua vida. Sabe aquela ressaca que o faz sentar no chão frio do banheiro e rogar a Deus que tenha misericórdia da desgraçada de sua alma cachaceira? E aí você diz que enxergou os erros que cometeu e promete que nunca mais colocará uma gota de álcool na boca? Pois é... isso é só um décimo do que você vai sentir quando *este* veneno começar a fazer efeito. E, em dez horas, estará morto.

Jack sabia que sua cabeça não estava lá em boas condições – mas já pensou se começasse a sentir um nó no estômago naquele exato momento? Ah, o poder da sugestão. O poder da sugestão de morte.

Tudo bem, aquela garota era uma doida varrida. A última coisa de que ele precisava era mais uma daquelas.

– Mmm... Posso perguntar por que você fez isso comigo?
– Claro que pode.
– Mas você não vai dizer.
– Talvez mais tarde.
– Se eu estiver vivo.
– Boa observação.

Se aquilo era para ser uma picaretagem, a criatura tinha umas ideias muito estranhas de como executá-la. Aquela história do veneno por si só já bastaria para fazer qualquer um sair correndo de desespero. Não é essa a reação que um vigarista espera de suas vítimas. Para que exista a armação, a vítima tem de estar presente.

Então, qual era o jogo dela? Ou seria aquela loura uma prostituta?

– Então, tá. Você me envenenou.
– Nossa, como você entende as coisas rapidinho.
– Você tem um antídoto?
– Minha Nossa! Pensei que você não fosse perguntar. Sim, tenho um antídoto.

– Você me daria o antídoto, se eu lhe pedisse com jeito?
– Claro. Mas eu só posso lhe dar o antídoto num lugar tranquilo.
– Aqui não?
– Não.
– Onde, então?
– No hotel onde você está hospedado.

Pronto. Então era isso mesmo. Maior picaretagem – provavelmente uma variação bizarra do famoso "boa-noite cinderela". O cara levava a mulher para um hotel, achando que ia se dar bem, apagava geral e acordava sem carteira, sem um rim, pelado numa banheira fedida, cheia de gelo, e coisas no gênero. Independentemente do que acontecesse, o infeliz estava ferrado; tudo porque achou que ia ganhar uma mamada de quinta categoria num hotel de aeroporto.

– Caramba, que proposta mais generosa – ele disse. – Mas acho que vou arriscar morrer.

Jack pegou as notas no balcão – uma de dez e duas de um. Pegou a mala que estava entre seus pés.

– Boa sorte com essa história de veneno.
– Obrigada, Jack.

Depois de um segundo, a ficha caiu.

– Peraí. Como sabe meu nome?

A mulher virou-se de costas e começou a remexer a bolsa. Retirou um conta-gotas de plástico e o colocou no balcão. Então ergueu a cabeça e virou-se para olhar para ele.

– Você não estava de saída?
– Perguntei como você sabe meu nome.

A loura ficou brincando com o conta-gotas, girando-o com os dedos na superfície do balcão. Ele então se aproximou, inclinando-se.

– Se não me disser, vou chamar os seguranças.

— Até lá, já não estarei mais aqui. E, ainda que eles me peguem, será minha palavra contra a sua. Vou fazer a linha "não sei do que você está falando".

Ela fez um bico, ergueu as sobrancelhas e continuou:
— Veneno? Antídoto? Não sei de nada.
— É o que veremos. – Ele se virou para ir.
— Oh, Jack?

Ele parou e se virou.
— Seu nome está na etiqueta presa à mala.

Ele olhou para mala.
— Deixe de paranoia!

Jack começou a sentir o nó se formando no estômago. Não era enjoo. Era raiva.

Depois que saiu do bar, seguiu as placas até o terminal de bagagens. Ele não tinha nenhuma bagagem para pegar – fazia questão de viajar com uma única mala, não importava quantos dias passasse fora. Extravio de bagagens era um saco. Só que, pelo que vira no site do aeroporto, os pontos de táxi ficavam à esquerda do terminal de bagagens, e não deu outra. As corridas até o centro da cidade tinham um preço fixo – $26,25, segundo o site. Entrou no primeiro táxi que encontrou e tentou se esquecer da garota esquisita do bar.

Espere, vamos melhorar isso.

A garota esquisita *e linda* do bar.

Foi sensato deixá-la para trás, considerando-se que, na manhã seguinte, ele tinha um encontro marcado com o advogado de sua esposa, que pedira o divórcio.

Agora, veja! Envenenou minha bebida.

Ah, gatinha, queria eu que você tivesse feito isto.

21:59

Ruas Adler e Christian, Zona Sul da Filadélfia

D aqui, um apertinho de nada. Lá, uma sujeirada enorme para limpar.
Isso, entretanto, não seria problema de Mike Kowalski. Já não era nem mais da polícia. Não, este prazer seria da equipe responsável pela limpeza da cena do crime. Por 15 dólares por hora, os caras esguichavam a mangueira e retiravam o sangue, passavam o esfregão nos pedaços de ossos e tecidos e deixavam tudo como era antes. Ou pelo menos próximo disso. Na Filadélfia, as equipes de limpeza desta natureza constituíam uma indústria em ascensão. Graças, em parte, a caras como Kowalski.

E, nesse exato momento, sua mira exímia estava precisamente sobre uma cabeça. É... aquilo ia dar o que limpar.

Na verdade, dependendo de como a bala batesse e explodisse, a equipe que trabalhava nesta parte da Zona Sul podia ganhar um extra de duas horas.

Os felizardos seriam os Irmãos Dydak. Dois poloneses louros, robustos e bem simpáticos, que ficavam em Port Richmond. Nos últimos tempos, Kowalski vinha lhes dando muito trabalho. Era estranho que trabalhassem na Zona Sul, uma área tradicionalmente italiana, agora cheia de imigrantes de vários lugares e jazzistas, com seus vinte e poucos anos, que cobravam muito caro para o centro da cidade.

Mas enfim. Kowalski gostava de ver seus conterrâneos se dando bem. *Sto lat!*

Em homenagem aos Dydak, ele ia caprichar para que houvesse muito sangue esguichado.

Adeus, otário.

O cara, cuja cabeça estava na mira de um assassino profissional, não fazia a menor ideia de nada. Comia uma fatia de pizza sem molho (seu imbecil! Não é o molho que engorda, mas a massa e o queijo, otário) e tomava Orangina de canudo.

Aproveite a última mordida, meu amigo.

Preparar.

Dedo indicador no gatilho.

Ajustar o ângulo de forma a permitir o máximo de esguicho.

E...

E a perna de Kowalski começou a vibrar.

Somente uma pessoa – uma *organização* – tinha o número daquele celular ultrafino, preso à coxa de Kowalski. A pessoa que estivesse na posição de comando na CI-6. Quando o mandachuva ligava, geralmente era sinal de que a operação deveria ser abortada. Ao sentir o celular vibrar, Kowalski imediatamente interrompia a missão. Ainda que a lâmina já tivesse ultrapassado três das sete camadas de pele do pescoço de algum desgraçado. Mesmo que seu dedo já tivesse começado a pressionar o gatilho.

Essa missão, entretanto, era pessoal. Não havia nada a abortar. Cabia somente a ele essa decisão.

A história aqui era de vingança com V maiúsculo.

Mesmo assim, a vibração em sua coxa o incomodou. Alguém na CI-6 estava tentando contatá-lo. Caso ignorasse a chamada, acabaria enfrentando mais problemas. Teria de dar mais explicações ainda, já que deveria estar totalmente livre, afastado de qualquer missão, visto que encontrava-se de licença prolongada. A última coisa de que um agente secreto como Kowalski precisava era explicar os motivos que o levavam a exterminar sistematicamente o que restara da facção da Cosa Nostra na Zona Sul da Filadélfia. Aquilo não fazia parte de nenhuma missão oficial.

O Departamento de Segurança Nacional não gostava de que seus agentes – mesmo os mais graduados, como Kowalski – usassem suas habilidades para caçar cidadãos comuns em uma missão de vingança.

Talvez os caras até aplaudissem em segredo, se deliciassem com os detalhes, mas aprovar? De jeito nenhum!

Tá bem, tá bem. Que se dane. *Abortar*.

É, otário... hoje é seu dia de sorte. Depois eu continuo com você. Até lá, veja se come um pouco de molho. Aproveite a vida!

Rifle para baixo, luvas retiradas, tudo embrulhado, agora é só atender o celular.

– Pronto.

A voz ao telefone lhe deu outro número de celular. Kowalski apertou o botão para encerrar a chamada. Adicionou seis a cada dígito do novo número de celular. Apertou o botão de fazer chamada. Uma voz masculina disse:

– Está dizendo que está com sede a uma hora dessas da manhã?

Kowalski respondeu:

– Está um calor dos diabos.

Caramba! Já fazia um bom tempo que não usavam esse diálogo da peça *O Rinoceronte* como senha de acesso. Kowalski quase não se lembrava da resposta.

A voz lhe deu outro número, que Kowalski memorizou – após acrescentar a cada dígito um NP (número pessoal, é claro). O NP tinha sete dígitos. Empacotou o equipamento e o deixou em um galpão ali perto, desceu do terraço e andou seis quarteirões; em seguida, pegou um táxi. Uma corrida de $3,40 o deixou na loja de conveniência mais próxima, uma 7-Eleven, onde ele comprou três cartões telefônicos pré-pagos, cada um contendo vinte dólares de crédito. Ele não sabia muito bem quanto tempo levaria a ligação.

Kowalski saiu da 7-Eleven e procurou um telefone público. Após discar o número grátis no verso do cartão, discou o número que memorizara. Usando um cartão pré-pago e um telefone público, ficava impossível rastrearem a ligação, que se perdia no mar de ligações promocionais realizadas em todo o território norte-americano. Ninguém tinha a tecnologia para filtrar aquilo tudo. Nem mesmo a CI-6 – uma subdivisão do Departamento de Segurança Nacional que não aparecia muito nos noticiários da TV.

Uma voz feminina mandou que pegasse um avião para Houston. Kowalski imediatamente reconheceu a voz. Era *ela*. Sua antiga chefe. Havia meses que não trabalhavam juntos; os dois se desentenderam feio. Só que, pelo jeito, teriam de se juntar novamente. Ah, o destino.

Kowalski achou que devia dizer alguma coisa simpática para quebrar o gelo, mas ela não deu chance.

Um professor universitário de nome Manchette morrera no início daquela manhã e o departamento precisava checar algo. Ela queria que Kowalski conseguisse uma amostra biológica.

– Um pedaço de pele?
– Não.
– Sangue?
– Não, não. Precisamos da cabeça.
– A cabeça inteira?

Mas é claro. Pena que Kowalski não conhecia nenhuma equipe de limpeza em Houston. Seria uma nova cidade para ele. Pena que não era na Filadélfia. Os Irmãos Dydak teriam trabalho para o dia inteiro com a remoção de uma cabeça.

– Tem mais uma coisinha de que precisamos.
– Qualquer coisa por você – disse Kowalski, mas imediatamente se arrependeu.

Mantenha uma postura profissional, cara.

– Queremos que você localize uma mulher chamada Kelly White. Quer que eu soletre?
– Não, não precisa. O que devo saber sobre ela?
– Ela provavelmente entrou em contato com o professor Manchette nas últimas 48 horas. Gostaríamos de confirmar isso.

Kowalski concordou e pensou em convidar a chefe para jantar quando ele voltasse. Só para colocar o papo em dia. Tinha vontade de dizer: Opa, eu não estou mais enrolado com nenhuma mulher. Estou na pista. Já faz alguns meses. E também não vou mais ser pai. Mas ele deixou pra lá.

Kowalski pegou outro táxi e mandou o motorista levá-lo ao Aeroporto Internacional da Filadélfia. O interior do carro era todo em vinil azul. O cheiro dava a impressão de que alguém cortara uma dúzia de laranjas e as cozinhara para disfarçar o odor de suor. No painel, um quadrado vermelho sinalizava que o motor precisava de revisão técnica.

– Não, nada de valor fixo de corrida – disse o taxista.

– Como assim?

– Preço fixo só no Centro. Estamos doze quarteirões ao sul. O senhor tem de pagar o que o taxímetro indicar.

– Mas a Zona Sul fica mais próxima ao aeroporto do que o Centro. Ou seja, deve ser mais barato.

– Nada de preço fixo.

Kowalski pensou em pedir ao taxista que o levasse à área dos Irmãos Dydak, onde ele o empurraria contra um muro e deceparia sua cabeça – seria uma boa faxina para os polacos. Aposto como você não sabia que estava se metendo com o ceifador da Zona Sul da Filadélfia, não é mesmo, amigo? Só que tinha muita coisa em jogo. Kowalski teria de voltar a esta cidade logo e não precisava de nenhuma complicação extra. A imprensa já veiculava matérias sobre um psicopata armado com um rifle no encalço de gângsteres. Era preciso concluir isso antes que o pegassem e ele ficasse devendo favores aos outros.

– Quer saber? Dane-se o preço da corrida. Pé na tábua.

22:35

Hotel Sheraton,
Leste da Rittenhouse Square, quarto 702

D epois de vomitar as tripas no banheiro, Jack estava finalmente disposto a admitir: "Pois é, tudo bem. Pelo visto, pode ter sido *veneno* mesmo."
A princípio, recusou-se a acreditar; devia ser o sistema nervoso. Tudo alucinação. Nervosíssimo com a ida à Filadélfia.
E com o compromisso com Donovan Platt logo pela manhã.
Jack levantara alguns dados sobre Platt. Uma revista local o elegera o "advogado de divórcio mais temido" da cidade e dissera que ele havia "extirpado mais testículos do que o Santo Império Romano". Que legal. Tinha uma foto pequena em preto e branco no site: o cinquentão filho da mãe tinha olhos pretos bem pequenos e arredondados, e uma barba impecável. Jack teria de encarar a realidade às oito horas.
Só aquilo já bastava para que alguém tivesse vontade de vomitar, certo?
Só que o segundo ataque foi ainda mais brutal do que o primeiro, e Jack começou a se dar conta de que aquilo ali era mais do que sistema nervoso. Era um ataque de verdade.
A terceira ida ao banheiro foi a pior.
Será que ainda havia algum resto de comida no estômago? Aquela *focaccia stromboli* de espinafre e queijo, toda gordurosa, servida no avião tinha sido a primeira a ser expulsa. Ele não sabia o que era pior – a agonia de vomitar ou o fato de reconhecer a comida de bordo na privada. A segunda vez foi praticamente só líquido. E agora, a terceira... sim, agora havia pequenas placas de sangue boiando na água. Seu estômago estava se desfazendo.

Era o *fim*.

Jack jogou água fria no rosto e olhou para o relógio: 22:36. Deixara o bar do aeroporto por volta das nove e meia. Havia mais ou menos 40 minutos que vomitara pela primeira vez. Se fosse considerar o que a garota dissera, o veneno estava seguindo o cronograma direitinho.

E, em dez horas, estará morto.

O certo era chamar a polícia. Mas ainda que ele o fizesse, o que diria? Uma estranha num bar do aeroporto o envenenara, e ele então dissera: "Valeu, a gente se vê mais tarde"? Por que não ligara para a polícia logo de cara? Porque ela era linda demais para ser levada a sério?

Anda, malandro! Bota a cabeça pra funcionar!

Talvez avisar a polícia com uma descrição vaga – ele era péssimo em estimar altura e peso e, pensando bem, não conseguia nem se lembrar da cor dos olhos da garota. O máximo que conseguia dizer era que a mulher tinha seios enormes. Ah, tá, beleza; essa informação vai facilitar muito.

Uma coisa era certa: ele precisava voltar ao aeroporto e achá-la sem ajuda de ninguém. Teria de fazê-la dizer o que tinha colocado em seu submarino. Então buscaria ajuda. Juraria nunca mais beber em um bar de aeroporto.

Ou talvez ele precisasse ir a um hospital. Fazer uma lavagem estomacal (ai, meu estômago!). Deixar que os profissionais diagnosticassem o problema. E tocar a vida.

A menos que o veneno já estivesse em sua corrente sanguínea. Quanto tempo os médicos levariam para identificar a substância? Ele poderia morrer sentado numa cadeira plástica na sala de espera muito antes que uma enfermeira lhe enfiasse um termômetro na boca. Além do mais, ele não precisava apenas de uma cura. Precisava encontrar a garota, descobrir por que fizera isso com ele. Talvez ela estivesse fazendo a mesma coisa com outras pessoas.

Por isso, você tem de chamar a polícia, Jack. Chega. Entre no táxi, volte ao aeroporto e encontre a garota. Agora. Deixe a mala aqui. Leve a carteira e o celular. Vá.

Espere.

Eram 22:38. Em cinco minutos, começaria mais uma sessão de vômitos.

Como sobreviveria a uma corrida de táxi? Do aeroporto a Rittenhouse Square tinha levado no mínimo 20 minutos. Mandaria o taxista parar na metade do percurso?

No caminho, a gente vê isso. Saia *agora*. Antes que seja tarde demais para encontrá-la.

E você nunca mais consiga ver sua filha.

De repente, Jack foi tomado pelo desejo de ficar no quarto e ligar para casa. Ouvir a voz dela. Mas, embora fosse um pouco mais de nove e meia da noite em sua cidade, Callie já poderia ter ido dormir uma hora e meia antes.

Não. Ele tinha de achar a loura.

Jack pegou o elevador, desceu até o lobby e avistou um táxi parado bem na porta do hotel. A Filadélfia a essa hora da noite ficava morta. Ele conhecia a antiga piada que dizia que os comerciantes da cidade dormiam com as galinhas, o que, pelo visto, infelizmente era verdade. Tudo bem que era uma quinta-feira, mas estavam no coração da quinta maior cidade dos Estados Unidos. Não era para ter mais gente nas ruas, comendo fora e enchendo a cara?

– Por favor, me leve ao aeroporto o mais depressa possível.

– A que horas é seu voo?

– Não vou viajar. Só tenho que chegar lá...

– Bem, o senhor vai ficar na área de embarque ou desembarque? Qual era mesmo a área?

Jack pensou e então respondeu:

– Desembarque.

Afinal, ele tinha *desembarcado* e daria para refazer o caminho de volta ao bar.

– E o terminal?

– Oi?

– Em que terminal? Os caras lá têm um sistema de segurança bem firme. Não posso ficar rondando sem destino pelo...

– Em que terminal é o desembarque da Continental?

Jack tinha chegado pela Continental.

– Terminal C. O senhor está sabendo do valor fixo da corrida?

Só faltava o cara mandá-lo colocar o cinto; se bobeasse, ele era capaz até de sair do carro para ver se o cinto estava mesmo preso corretamente.

– Cara, estou com pressa.

Sem dizer uma palavra, o taxista deu partida, pegou a rua Oito, passou pela Rittenhouse Square e pela Market Street, em seguida pela alameda JFK, um canteiro de obras. Era a primeira vez que Jack visitava a Filadélfia, mas ele estudara um mapa do Centro. Seu hotel ficava a três quarteirões do Sofitel, onde seria seu encontro com Donovan Platt. Tinha dúvidas se conseguiria comparecer. Talvez até lá ele estivesse... *ah, ah, ah*, morto.

Isso *se tivesse* sido mesmo envenenado.

Em poucos minutos, já estavam na I-95, em direção ao Sul. Passaram pelas mesmas vilas de casas, encobertas pela escuridão, em seguida dois estádios esportivos com aspecto de semi-inaugurados, então um vasto polo industrial, cheio de refinarias e...

Ah, essa não! De novo não!

– Cara, preciso que você dê uma parada.

– Pensei que o senhor estivesse com pressa.

– Por favor.

O desespero na voz dele deve ter funcionado. Sem dizer mais nada, o taxista cruzou duas pistas e foi parando gradualmente no

acostamento. Jack tentou, com certa dificuldade, abrir a porta esquerda do carona – não conseguiria deslizar até o outro lado de jeito nenhum – e, mal abrira a porta com um chute, já começara a vomitar.
Desta vez, saiu um pouco mais de sangue.

22:46
I-95 direção sul
Próximo à ponte Girard Point

Kowalski foi o feliz sorteado para presenciar a cena de um cara saindo de um táxi e botando os bofes para fora sobre o asfalto da I-95. Cachaceiro dos infernos. Poxa, por que o infeliz não fez a gentileza de sair pela outra porta? Sabe a porta que estava virada para a bela vista das refinarias do lado sudeste da Filadélfia? Pois é. Agora ia ser difícil tirar aquela cena da cabeça. Faça-me o favor! É noite de quinta-feira, malandro! Todo o mundo trabalha amanhã e espera pelo fim de semana!

Kowalski conseguira fazer uma reserva no voo de uma da manhã para Houston. Com sorte, daria tempo de chegar ao portão e passar pela segurança. Chegaria a Houston por volta das três da manhã. Pegaria seu envelope no balcão de atendimento da ponte aérea. Dentro do envelope, estaria o endereço do necrotério. Não havia tempo para alugar um carro; pegaria outro táxi. Era tudo o que ele planejara até então. No avião, pensaria em algumas formas de entrar no necrotério na surdina, pegar o que precisava, sair e chegar ao local de entrega.

A cabeça. Queriam a cabeça do professor Manchette inteirinha.

Deixa pra lá; não era problema dele. A missão, entretanto, apresentava diversos desafios logísticos. Por exemplo, sair andando de um necrotério, carregando a cabeça de uma pessoa. Kowalski precisaria, no mínimo, de uma dessas bolsas de ginástica e uma serra. Daria para descolar uma no aeroporto. Identificaria um terminal de bagagens bem agitado isso não faltava no Aeroporto George Bush Intercontinental –, escolheria uma que aparecesse na esteira. E se alguém fizesse um escândalo? Ele pediria desculpas, afirmando ter uma igualzinha. Então cataria outra. Preta, ou azul-marinho. As duas cores mais comuns. Ninguém pensa em comprar uma bolsa ou mala de cor bem diferente até o dia em que se encontra lá, parado na fila do terminal de bagagens, odiando-se por não ter previsto isso e comprado uma Samsonite rosa fluorescente.

É, mas essa ideia desaparece assim que o cara consegue sair do terminal de bagagens. Ninguém quer andar por aí carregando uma bolsa que brilha sob a luz do dia.

A serra? Provavelmente havia uma caixa cheia delas no necrotério. Sacos plásticos também, para forrar a bolsa.

As melhores operações forneciam as próprias ferramentas.

Kowalski entraria com um pouco mais do que suas roupas e seu celular. Seria moleza se livrar das roupas e queimá-las. E o celular era equipado com uma linda sequência de autodestruição – o número da previdência social do pai, o que significava que, um dia, ele finalmente serviria para alguma coisa – que servia ainda como uma distração de fuga. E o que as autoridades iam fazer com um doido pelado, pego tentando serrar um professor universitário morto?

Muito pouco.

Quando o FBI reconhecesse suas digitais, sua organização já estaria agilizando a papelada para sua liberação. Algumas orientações, talvez uma bronca, mas nada muito importante. Então ele voltaria para a Filadélfia. Retomaria sua missão de vingança pessoal no mais tardar na terça-feira seguinte.

E era o *pior* que podia acontecer.

Ah, trabalhar para o governo! Simplesmente o máximo.

O táxi de Kowalski parou no Terminal C. A corrida custou $42,30. O preço fixo foi para o inferno. Tirou a carteira do bolso interno do paletó, o qual ele enfiaria num armário ao chegar a Houston. Pegou duas notas de vinte, uma de cinco e mandou o taxista ficar com o troco. Nem muito generoso, nem muito sovina. Nada que fizesse o taxista se lembrar dele.

Entrou no terminal Continental pelas portas giratórias e se dirigiu ao balcão de *check-in* para reservas feitas on-line. Passou o cartão de crédito que estampava um nome de titular igual àquele da sua carteira de motorista do Texas.

Bagagem? Era a pergunta na tela do computador.

Kowalski teclou Zero.

Na volta, a coisa pode ser diferente. Se ele não conseguisse entregar a encomenda, talvez tivesse que levar a cabeça de Manchette para a Filadélfia. Passar alguns dias com ela. Levá-la para visitar o Sino da Liberdade.

Ha ha ha ha ha.

Katie teria achado graça da piada.

Sua passagem saiu na impressora.

Pegou a escada rolante a caminho do portão Continental; quando estava quase lá em cima, Kowalski sentiu a coxa vibrar. Pegou o telefone e abriu o flip.

– Pronto.

Deram-lhe um número de telefone. Ele adicionou seis a cada dígito. Aproximou-se de um telefone público no final do corredor. Teclou o novo número, usando o segundo cartão pré-pago. Por isso, ele comprava três de cada vez.

– Não embarque. Acreditamos que o sujeito esteja na Filadélfia.

– O professor? Ele está inteiro ou alguém identificou sua cabeça rolando pela pista de pouso?

A chefe o ignorou.

– Um cartão de crédito muito provavelmente em posse de Kelly White foi utilizado no saguão do aeroporto uma hora atrás.

– Estou no aeroporto agora.
– Isso foi há uma hora, mas ela ainda pode estar no saguão. Por favor, veja se procede.
– Pode descrevê-la?
– Enviei uma foto para seu celular. Ela mudou a aparência desde que entrou no país uma semana atrás.
– Algo cirúrgico?
– Não, nada.
– Então eu a reconhecerei.

Kowalski já estava baixando a nova mensagem. Assunto: "Feliz Aniversário!"
– Recebeu?
– Sim. – Kowalski olhou para a imagem na tela. – Sabe com quem ela se parece? Com aquela atriz... Ah, diabo... eu vi o filme tem pouco tempo...
– Caso a localize, responda para esse número com a mensagem: "Obrigado pela lembrança." Caso contrário, responda: "Antes tarde do que nunca."

Kowalski desligou. Muito bom. Se não precisasse sair da cidade para cuidar dessa nova operação, não perderia tempo com viagem e logo retomaria seu próprio projeto.

Vamos lá... para onde as mulheres bonitas se dirigem quando estão vagando pelo aeroporto à meia-noite?

22:49

– Q ue bom que o senhor não vomitou aqui dentro.

Jack só conseguiu dar um gemido como resposta.

O táxi continuou cruzando a I-95 rumo ao aeroporto, mas ele não estava em condições de apreciar a vista. O nó em seu estômago estava feio. Muito feio. As últimas crises de náusea pareciam ter despertado uma parte primordial de seu cérebro – a que monitorava os sinais de morte iminente. Essa parte disparava algumas reações corpóreas, cujo papel era o de impedir o acontecimento: temperatura elevada, descarga de adrenalina, sudorese. Era como se seu corpo finalmente tivesse recebido o memorando: *Sim, acabamos de confirmar o fato de termos sido envenenados. Seu corpo está agora tomando as devidas providências para livrar-se do veneno. Boa sorte, parceiro, e agora, mais uma vez, ao ataque!*

Ele não ia deixar aquilo sob a responsabilidade total de seu corpo. Encontraria a loura e faria com que ela lhe desse o antídoto na marra.

– São poucos os caras que fazem a gentileza de vomitar fora do carro. Mas, se não se importa que eu me intrometa, acho que não deveria estar levando o senhor para o aeroporto. Acho que o senhor precisa de um pronto-socorro.

– Não – sussurrou Jack. – Para o aeroporto.

– Como quiser.

Pelos seus cálculos, ele ainda tinha mais dez minutos antes de um novo ataque. Felizmente, estavam quase chegando ao aeroporto. Ele teria mais ou menos sete ou oito minutos para correr até o portão, chegar ao saguão e rezar para que ela ainda...

Ai, cacete! Como faria para entrar no bar *por trás* do portão principal? Essa entrada era restrita aos passageiros que estavam desembarcando, com suas devidas passagens. Quem saísse não conseguia mais voltar, a menos que tivesse outro bilhete.

A passagem de volta tinha ficado na mala, no hotel. Teresa as comprara em um site de viagem; imprimiram as passagens e as enviaram para seu novo apartamento. Foi o único sinal de gentileza que Teresa dera em meses. Desde que as coisas degringolaram. Desde que ela contratara o escroto do Donovan Platt. Amigo da mãe de Teresa. Havia muito tempo que eles se conheciam.

Que grande serventia a porcaria da passagem de volta tinha agora. Como Jack entraria no aeroporto?
— Ok. São vinte e seis dólares e vinte e cinco centavos. Preço fixo.

Ele pegou a carteira, tirou uma nota de vinte, uma de cinco e duas de um. Passou o dinheiro para o motorista pela abertura na divisória acrílica entre o motorista e o banco de trás.
— Oh! — exclamou o taxista olhando para as notas.

O que ele queria? Mais uma de cinco? Deveria haver uma lei que estipulasse que um cara se divorciando não precisava pagar gorjeta. Fosse num táxi, num restaurante ou num clube de strip. Quando um homem está prestes a ser sugado até o osso, por favor, dá um tempo pro cara e alivia essa história de gorjeta. De irmão para irmão.

Jack entrou no terminal de desembarque. Para comprar uma passagem, era preciso estar no terminal de embarque. Tinha que haver outro jeito. Jack olhou para o relógio. Dois para meia-noite. Já fazia mais de duas horas desde que ele a deixara no bar. Era muito provável que ela tivesse se dado bem com outro imbecil.

Espere.

Jack se aproximou do balcão de atendimento ao cliente da Continental.
— Oi, preciso que você passe um anúncio para uma pessoa.
— Queira desculpar, mas não fazemos isso. Se o senhor quiser entrar em contato com um representante da segurança...
— É muito importante *mesmo*.
— Não fazemos isso *mesmo*.

Jack sabia que devia haver uma forma inteligente de convencer esse agente — um cara com pinta de modelo, carregando um crachá com o nome BRYON — que era de suma importância que essa pessoa fosse anunciada. Que, na verdade, era uma questão de segurança nacional, ou alguma coisa assim. Esse negócio acontecia nos filmes o tempo todo. Mas Jack não conseguia bolar nada inteligente. O nó no estômago estava voltando, acompanhado de uma pressão na cabeça. Sua pele estava quente. Ele não estava em condições de seduzir ninguém. E sua tolerância estava zero. Jack se foi na direção do terminal de bagagens. Mais adiante, ficavam os banheiros. Estava certo de que precisaria usar o toalete novamente em... oh, seis minutos. Depois, iria para o ponto de táxi. Teria de passar no caixa eletrônico, sacar mais 40 dólares e voltar para o hotel. Avisar ao taxista com antecedência: na metade do caminho, provavelmente terei de abrir a porta e vomitar sangue. E então voltar ao quarto e ligar para Teresa; contaria o que acontecera e talvez...

– Está vendo? Lá está ele! Jack!

Era uma voz de garota. Da sua garota do bar.

A loura.

Jack se virou. Ela estava ali, acompanhada de um cara barrigudo, de meia-idade, com uma jaqueta preta da antiga marca MEMBERS ONLY transpassada por um dos ombros. No outro ombro, carregava uma mochila verde.

A loura correu até ele e pendurou-se em seu pescoço. Ela sussurrou:

– Se não fizer o jogo, morre.

Sr. Jaqueta cafona esticou a mão.

– Muito prazer, Jack. Sua irmã Kelly é uma figura.

Kelly – será que era mesmo seu nome? – continuou pendurada no pescoço de Jack.

– Sou Ed Hunter. Trabalho com lei tributária. Kelly me disse que você é jornalista.

Kelly pressionou a palma fria contra sua testa.

– Ai, meu anjo, você está quente.

– Estou. Sim, Ed, isso mesmo.

E, de fato, Jack estava febril e era jornalista. Mas como essa loura – Kelly – sabia disso? Ele não dissera nada no bar que lhe desse qualquer pista. Tinha sido cauteloso. Vire-se para alguém no bar e diga que é jornalista e logo toda a família, incluindo o papagaio, tem uma ideia para publicar. Ih, tô fora.

– E aí, pessoal! Preparados para tomar o melhor martíni da vida? – perguntou Ed, envolvendo Kelly com um dos braços.

– Ed quer nos levar a um lugar chamado Rouge – explicou a loura.

– Rouge é *vermelho* em francês. O dono faliu, perdeu todo o império de restaurantes, mas manteve esse aberto. O melhor martíni que você já tomou.

– Você está com cara de quem precisa beber alguma coisa, Jack – ela disse.

– Claro. – Ele estava atordoado demais para dizer qualquer outra coisa. O trio, que, graças a Deus, não estava mais agarrado num abraço de urso, passou pelas portas automáticas que levavam ao ponto de táxi. Kelly manteve-se agarrada ao braço dele, como se temesse perdê-lo. Sem chance. Só quando ele recebesse o antídoto.

Isto é, *se* houvesse mesmo um antídoto.

Se houvesse mesmo um veneno.

Ed foi na frente.

– Pode deixar o táxi por minha conta. Além do mais, o preço é fixo. Vinte e seis dólares e vinte e cinco centavos do aeroporto a qualquer canto do Centro.

Mais uma vez, aquela história de preço fixo. Será que essa droga estava estampada na lateral do Sino de Liberdade? *Indo para o aeroporto de táxi? Bem, amigo, a Filadélfia tem um baita negócio para lhe oferecer.*

Kelly abriu a porta de trás sem ao menos esperar o taxista sair do carro.

– Primeiro você, Jack. Entre e passe para lá.

Jack obedeceu. Não foi problema nenhum entrar e passar para o lado extremo do banco. O nó estava apertando e, se fosse vomitar novamente, preferiria mesmo a privacidade do outro lado. Kelly podia tê-lo envenenado, mas Jack não gostaria de vomitar sangue sobre ela; ainda tinha orgulho próprio. E ainda tinha o Ed na história.

Pela porta aberta, Jack viu Kelly apoiando-se para ficar de cara para Ed. O que estava rolando ali? Ele abaixou a cabeça e olhou para fora.

Oh.

Oh, santo Deus, eles estavam no maior beijo de língua.

E demorou um pouco para se desgrudarem. Dava para ele ouvir um chupão bem alto de vez em quando. O taxista olhou para Jack, a quem só restou encolher os ombros. Cara, não tenho nada a ver com isso, foi o que ele sentiu vontade de dizer. Acho que minha irmã é puta.

O nó no estômago apertou.

23:13

Aeroporto Internacional da Filadélfia

Ainda bem que só havia um ponto de táxi no Aeroporto Internacional; Kowalski foi direto para lá. Das duas uma: se Kelly White não estivesse aqui, já tinha dado o fora. A atendente do bar no Terminal C lembrava-se de ter visto uma garota como a descrita saindo por volta das 23:30. Saiu acompanhada de um sujeito de meia-idade, trajando uma jaqueta preta. A atendente deduziu que o cara tivesse "se dado bem".

– Os dois não se desgrudavam – contou.

Era muito provável que ainda estivessem na área.

Certo. Então há duas possibilidades. Estão em algum outro canto do terminal, ou estão indo pegar um táxi, rumo a algum lugar onde possam ficar "mais à vontade".

Depois de checar o terminal repetidas vezes até ficar satisfeito, Kowalski decidiu que era hora de fazê-los dar as caras.

Aproximou-se de um gerente da Continental, mostrou sua identidade, apresentando-se como agente de Segurança Nacional – o que, embora não fosse oficial, era mais ou menos verdade. Ninguém sabia ao certo quem financiava a organização de Kowalski, a CI-6, que ficava obscura por um organograma intencionalmente confuso. O próprio Kowalski não sabia a quem seu chefe se reportava, se houvesse alguém. Só sabia que o chefe comandava o mundo.

A identidade, entretanto, convencia. Tinha até a nova plastificação com o holograma das águias em voo.

Um minuto depois, Kowalski ouviu o anúncio que ele solicitara:

"Passageira Kelly White, favor comparecer ao balcão de atendimento da Continental. Passageira Kelly White, favor comparecer ao balcão de atendimento da Continental."

White não ia aparecer no balcão nem a pau. Se desse as caras, o gerente estava preparado para detê-la e enviar um anúncio para Kowalski. Não. O mais provável era que ela corresse para a saída. Para chegar ao ponto de táxi, bastava passar pelas portas automáticas de um lado. As portas do outro lado davam no estacionamento. Como White não era da Filadélfia e, segundo a chefe, acabara de chegar à cidade, era improvável que ela tivesse um carro. Um táxi era a opção.

Dito e feito. Lá estava. Kowalski a viu com o cara de meia-idade de jaqueta preta. Os dois estavam abraçados na frente de uma das portas do táxi, que estava aberta. E no interior... ih, rapaz, outro cara no banco de trás. Kowalski fixou os olhos em uma caixa laranja, dessas contendo um jornal alternativo, do outro lado da rua, e então foi se aproximando, como se para retirar um exemplar. Nesse ínterim, ele enfiou a mão no bolso do paletó e enviou um torpedo – "Obrigado pela lembrança" – enquanto memorizava a placa do táxi. O próximo passo era decidido pela chefe.

Kelly e o sujeito não identificado ainda estavam mandando ver. Kowalski imaginou, só de bobeira, qual era a do cara que estava dentro do táxi. Não dava para ver seu rosto. Teria Kelly proposto um lance a três? Não que isso fosse relevante. Ele não sabia por que estava no encalço da mulher. As coisas na CI-6 eram assim. Não precisava se descobrir um motivo. O que havia eram simples e claros objetivos. O que tornava seu trabalho quantificável, se não exatamente satisfatório.

Por isso, ele não via a hora de retomar seus projetos em andamento na Filadélfia. Desta vez, era pessoal. Ele conhecia os motivos – pelo menos a maioria deles. Sabia do efeito dominó de cada ação. Tinha um único propósito, e era extremamente satisfatório quando completava cada tarefa projetada para alcançar aquele propósito.

Vingança por Katie.

Katie era uma garota que ele conhecera um ano antes e que engravidara de seu filho. Infelizmente, o irmão de Katie era bandido profissional e tinha se metido com a facção da Cosa Nostra na Filadélfia. Após uma série de trapaças, os mafiosos descontaram em Katie... e, consequentemente, no bebê.

Eles a mataram.

Espalharam manteiga de amendoim pelo seu corpo de forma que os ratos o destruíssem depois que fosse desovado.

Kowalski estava viajando. Quando chegou à Filadélfia, foi direto ao Instituto Médico Legal. Lançando mão do pretexto de Segurança Nacional, foi autorizado a identificar o corpo nu, mordido, arranhado, lacerado. Leu os laudos. Depois que uniu os pontos, Kowalski resolveu aniquilar toda a máfia, sem deixar um homem sobrar para contar história. Não havia pressa. Não precisava dar nenhum vacilo. Simplesmente pegaria um desgraçado de cada vez, até que não houvesse mais nenhum. Ali estavam seus objetivos claros e simples. Mas com um *motivo*. O que era simplesmente gratificante.

Exceto quando ele pensava em Katie ou como seria o bebê – podia ter sido um garotão. Pensava nos sons feitos pelo filho, no cheiro que ele teria.

Isso o incomodava, pois não era o tipo de homem que ficava pensando em crianças.

O celular vibrou em seu bolso. Agora não tinha desculpa. As coisas estavam indo bem depressa. A organização estava reagindo, planejando.

Levou o celular ao ouvido e, com a mão livre, pegou um jornal da caixa laranja. A matéria de capa era sobre cerveja – pelo visto, rolava um festival na cidade naquela semana.

– Está com ela?
– Estou olhando para ela agora.
– Com quem ela está?
– Dois homens: um de meia-idade, outro sentado no banco de trás. Não dá pra vê-lo bem.
– Ok.
– Ela acaba de retirar a língua da boca do sujeito de meia-idade.
– Estavam se beijando?
– Pode crer.
– Espere um pouco.

Kowalski observou o casal finalmente se desfazer do abraço. Já estava na hora, cacete. Não era certo se exibir assim na frente de um viúvo, não é não?

Mas espere aí. O que é isso, cara?
Ela pôs a mão pálida sobre o peito dele. Uma expressão de espanto estampou-se na face dura do sujeito. A garota o empurrou, deu um passo para trás e se enfiou no táxi, batendo a porta. O cara socou o teto do veículo. Estava furioso. O táxi deu partida.

– Temos um problema – disse Kowalski.
– O que está acontecendo?
– Kelly White e o segundo sujeito estão indo embora. Estão deixando o primeiro sujeito para trás. O cara está parado na calçada. Vou precisar de algumas orientações, querida.
– Mantenha-se a postos.

Mas é claro. O táxi pinoteou para trás por um instante, depois seguiu em frente. Enquanto isso, o cara de meia-idade tentou alcançar a porta, como se isso fosse adiantar de alguma coisa. Pode desistir, meu irmão. Ela tem coisas maiores e melhores a fazer. Mais especificamente, o cara sentado ao seu lado.

– Está com o número da placa?
– Está achando que isso é o quê? Nozes?

Ela não riu da piada. Numa manhã de domingo, os dois estavam juntos, passando os canais da TV, quando de repente pararam em Vila Sésamo. Passava o quadro com um monstro de biscoito. Ernie fez uma pergunta idiota. Biscoito ficou indignado, apontou para os olhos esbugalhados e disse:

"Está achando que isso é o quê? Nozes?"

– Mande um torpedo em código. Depois, siga o sujeito número um.
– Deixo Kelly White pra lá.
– Exato. Não perca o sujeito número um de vista.

Era inútil perguntar por quê. Podia ser uma entre mil possibilidades. A garota podia ter passado alguma droga, um documento, um soro, ou uma arma para o cara. A garota estava fora da jogada; o cara era o foco agora. Era isso que importava. Agora o negócio era segui-lo. Kowalski lembrou-se do professor Manchette. Será que vou ter de decapitar *este* cara daqui a duas horas? Ah, o trabalho.

23:24
Norte da I-95, próximo à ponte Girard Point

— Motorista, leve-nos à delegacia mais próxima. Imediatamente. Kelly revirou os olhos, numa expressão de impaciência, e recostou-se no banco de vinil azul-escuro. Cruzou os braços.

— O pessoal daqui não diz "delegacia" — corrigiu o taxista. — Aqui a gente chama de "distrito policial".

— O quê?

O taxista tinha cabelo preto, encaracolado, já ficando ralo. Com todo o cuidado e clareza, disse:

— Não conheço os distritos locais. Concentro as corridas pela Zona Nordeste. Só trouxe alguém aqui para pegar um voo. Estou voltando para minha zona, só isso.

— Amigo, não dê ouvidos ao meu marido. Jackie bebeu muito Jameson no avião.

— Você não é minha esposa e eu estou completamente sóbrio. Não estou nem aí se o nome é distrito ou delegacia, só sei que preciso de um policial. *Agora*.

Jack sabia que esse era o passo mais seguro a dar. Não procurara a polícia antes porque achava que a loura estivesse de brincadeira. Mas já tinha vomitado o suficiente para ver que se enganara. A prova estava espalhada por toda a I-95. Na verdade, podiam passar por elas e ele sairia apontando para os policiais. *Está vendo ali? Estava no meu estômago! Lá está mais um pouco daquela porcaria de stromboli de espinafre!* Ainda que não lhe dessem crédito logo de cara, prenderiam os dois – ele faria alguma coisa para garantir isso – até que aplicassem-lhe uma lavagem estomacal (lavariam o que quer que tivesse restado daquele estômago) ou tirassem sangue. Ou o diabo que fosse. De alguma forma, conseguiriam provar que ela o envenenara com alguma coisa. Se fosse para levar a noite inteira, não teria problema. Seu compromisso das oito horas com Donavan Platt, "O Caçador de Testículos", teria de ser remarcado. Não seria grande perda.

– Pode ver, amigo. A qualquer instante, ele vai lhe pedir que pare e vai vomitar.

– Não dê ouvidos a ela.

– Por favor, não vomite em meu táxi.

– Eu já lhe disse. Não dê ouvidos a ela!

Então ele sentiu uns dedos no queixo. Macios e quentes. Viraram-lhe a face para a esquerda. Kelly olhou para ele.

– Só lhe restam oito horas. Posso atrapalhar *qualquer um* por oito horas.

– Mas, se eu morrer, vão saber que eu estava dizendo a verdade.

– E tenho certeza de que isso vai lhe servir de conforto.

A loura tinha razão.

– Diga-lhe onde vamos ficar. A noite não precisa ser difícil. Você simplesmente a *tornou* difícil.

E o taxista, coitado, ali na maior aflição. Não parava de olhar rapidamente pelo retrovisor. Sem dúvida, preocupava-se com o banco de vinil azul. Pelo jeito, o pessoal da Zona Nordeste não era muito de vomitar.

Que diabos. Jack sentiu o estômago dando um nó mais uma vez. Que nervoso! Deus do céu, aquilo era inacreditável. Ele ia mesmo convidar uma estranha para acompanhá-lo ao hotel? Justamente essa noite? Mas não lhe restava alternativa.

– Tudo bem. Por favor, leve-nos para o Sheraton na Rittenhouse Square.

Kelly se reclinou de novo e deu um sorriso, toda cheia de si.

– Nossa, gente fina é outra coisa.

– Fica a caminho da minha zona – constatou o motorista, todo feliz. Não que alguém tivesse perguntado.

O nó que Jack sentia no estômago apertou. E apertou feio. Ele se inclinou para frente, dobrando o corpo como se a cintura fosse uma enorme dobradiça. Não dava para segurar. Acabou repousando a cabeça no colo da loura.

Então ela fez algo estranho. Gentilmente acomodou a cabeça dele em seu colo e começou a acariciá-la.

– Relaxe, Jack.

Surpreendentemente, o carinho foi muito bem-vindo. Seus dedos o distraíram da faca que se torcia no meio de seu intestino delgado.

O táxi continuou percorrendo a I-95, rumo ao Centro.

23:25

Estacionamento, seção D, corredor 22

O cara morava bem longe, lá pela Zona Nordeste. Em Somerton, perto da fronteira municipal. A partir dali, começava o município de Bucks, onde ficavam os subúrbios abastados, onde residiam os naturais da Filadélfia e nova-iorquinos que queriam *muito* se afastar da cidade sem ter que morar em Nova Jersey. Kowalski os entendia muito bem. Por mais que detestasse a Filadélfia, ele simplesmente odiava Nova Jersey. Em Jersey, quando se olha para um lado, só se veem fábricas ou subúrbios; o que resta é uma fachada de cidade costeira. Para que isso?

Depois de passar alguns minutos observando seu sujeito-alvo que estava simplesmente catatônico (O que foi isso? Ela me dispensou aqui, no meio da rua?), Kowalski o seguira até o ponto de ônibus. Estranho. O cara parecera pronto para entrar em um táxi com Kelly White. Para onde se dirigia agora? Kowalski pegou o mesmo ônibus e descobriu: para um estacionamento. E não é que o malandro estava de carro? O cara tinha um Subaru Tribeca – cinza escuro, assentos de couro preto com um banco embutido específico para uma criança pesando entre 27 e 40 quilos. O chão na parte de trás estava coberto por revistas espalhadas. Kowalski viu uma *Men's Health* e uma *Economist*. Isso porque ele jogou uma pedrinha no capô, distraiu o sujeito e conseguiu se enfiar no carro. A pedra só arranhou a pintura, mas deixou o cara furioso, esbravejando por alguns instantes. O cara, contudo, não se deu conta de que tinha um passageiro.

 Obviamente, ele poderia ter roubado um carro e seguido o homem até sabe lá Deus onde. Mas Kowalski sempre tentava manter as coisas na maior simplicidade possível, com o mínimo de ferramentas. Quando se rouba um carro, depois é preciso se desfazer dele. Deixa-se uma trilha. Provas. E, é claro, ainda é preciso se preocupar com o sujeito-alvo. Para que tanto trabalho? Ali, escondido na parte de trás do carro, Kowalski conseguiu se desligar um pouco e recarregar as energias. Descobrira que uma pausa de 15 a 20 minutos o revigorava mais do que oito horas de sono numa cama quentinha. O que era bom. Pressentiu que teria uma longa noite pela frente.

 O sujeito parou o Tribeca em uma garagem de dois carros no alto de um morro bem íngreme. O cara saiu, espreguiçou-se, deu uma olhada no capô, xingou, pegou a mochila no banco do carona e entrou na casa. Imediatamente foi recebido por um cão – um *golden retriever*. Kowalski esperou até apagarem as luzes. Usou um estilete que encontrou para abrir a porta e entrar; as chaves da casa, como era de se esperar, estavam penduradas em um compartimento plástico, preso com um ímã ao lado da geladeira. Nem sinal do cachorro, o que significava que ele devia estar lá em cima, dormindo com seu mestre. Mesmo assim, ele não ficou muito tempo ali. Voltou à garagem, virou a chave na ignição o suficiente para ativar a parte elétrica. O Tribeca era equipado com um GPS embutido. Foi assim que ele se localizou. Somerton. Avenida Edison, mais precisamente. O Aeroporto Internacional da Filadélfia ficava exatamente além do extremo sudoeste da cidade; ele estava agora no extremo sudeste. O cara morava muito longe do aeroporto e ainda permanecia nos limites da cidade. Kowalski desligou o carro e esperou.

Não via a hora de concluir o trabalho, tanto o profissional quanto o pessoal, e dar o fora dessa cidade.

Kowalski resolveu que, quando tivesse terminado tudo isso, alugaria uma casa próxima a Houston, perto do Golfo. Alugaria uma que tivesse um quintal. E uma tomada para um liquidificador. Compraria uma grelha a carvão, comeria peixe e legumes no café da manhã, no almoço e no jantar. No liquidificador, prepararia vitaminas de frutas; colocaria a leitura em dia. Pegaria um sol. Passaria um tempo se desintoxicando de todos os acontecimentos dos últimos meses. Tentaria tirar especialmente o ódio do organismo. Então decidiria o próximo passo.

O próximo passo podia ser vagar pelo Golfo e levar um tiro. Mas, pelo menos, ele tomaria tal decisão com a cabeça fria.

Kowalski sentou-se e fez uma retrospectiva dos últimos acontecimentos e sentiu o ódio ferver no sangue. Quase agradeceu a Deus quando alguém na casa – uma mulher – começou a gritar.

23:54

*Hotel Sheraton,
Leste da Rittenhouse Square, quarto 702*

– Que espaço legal, Jack. Só não sei se gosto muito dos dois níveis. Fica parecendo que as camas estão enfiadas num buraco, sei lá. Você está bem?

Jack estava louco por uma cama, enfiada em um buraco ou não. Graças a Deus havia duas. Cara, vou descer as escadas, pegar a primeira cama que vir e me jogar nela. Ele estava cheio de calafrios. A cabeça estourando. Enxergava mal. Se desse sorte, morreria logo e acabaria com essa história. Pelo menos, não teria de enfrentar a porcaria da reunião com Donovan Platt. Se morresse, pouco importaria.

Mas Kelly segurou-lhe o braço firmemente, enquanto ele tentava chegar à cama.

– Opa, calma, mocinho.

– Preciso me deitar.

– Eu ajudo. Logo logo isso passa.

Que se dane, Jack pensou. A dor que sentia no estômago era tão forte que ele nem conseguia dar a mínima para qualquer outra coisa. Já tinha sido terrível fingir que estava bem ao passar pela recepção – Kelly o advertira para não chamar atenção. Novamente, que se dane. Havia muito que seu estômago estava vazio, mas isso não impedia que o danado continuasse a tentar.

– Deite-se e relaxe. – Ela apertou-lhe a mão esquerda, tranquilizando-o. – O pior já vai passar. O veneno vai se estabilizar em seu sangue e o estômago vai parar de tentar se livrar dele.

– Não me mate. Eu tenho família. Uma filhinha para criar.

Deus do céu, se Teresa e Callie o vissem agora. Em um quarto de hotel, de mãos dadas com uma estranha. Como se já não bastasse o que acontecera nos últimos meses.

É insuportável ter você por perto, com a cabeça em outro lugar, dissera. *Não quer ler para sua filha? Ou ainda está ocupado demais, pensando em trabalho?*

– Shhh. Não vai ser tão ruim. Você tem cara de quem sabe divertir uma mulher num quarto de hotel. Estou certa? Tem jeito de pegador.

Jack fechou os olhos e adormeceu levemente. Falou! Pegador; ele era pegador. Despertou ao ouvi-la remexendo em sua mala com a mão livre – a que não estava segurando-lhe a mão. A mala que ele colocara no chão perto da cama.

– O que está fazendo?

Jack livrou-se da mão da loura.

– Eu já tinha imaginado que você fosse do tipo que usa cueca boxer. Ótima solução para um cara que não consegue digerir muito a ideia de usar samba-canção nem curte andar por aí com o bicho solto, mas que detesta cueca cavada. Mas o que é isso, gente? Tudo preto e cinza? Cadê a criatividade, menino? Nada vermelho ou roxo? Nem mesmo um azulzinho básico?

Jack fechou os olhos.

Talvez quando os abrisse novamente, tudo isso teria acabado. De uma forma ou de outra.

Uma vez eu me apaixonei por uma loura. Foi por sua causa que passei a beber. Sou-lhe grato por isso.

— W.C. FIELDS

0:10
Avenida Edison, Somerton

Kowalski entrou na casa e localizou a fonte dos gritos. Vinham lá de cima. Era uma mulher. Mais velha. Soluçando e lamentando-se entre os gritos, feito um alarme de carro disparando todo o seu ciclo de diferentes sons.

Agora não restava muito tempo. Embora não tivessem vizinhos grudados, ainda havia duas outras casas próximas o bastante para ouvir os gritos e, como a área era muito tranquila, alguém acabaria ouvindo.

A sala de visitas ficava no final do corredor à esquerda. Kowalski verificou as paredes: fotos de seu sujeito-alvo, uma mulher, provavelmente sua esposa, e duas garotas, provavelmente filhas. Não deviam estar em casa, pois do contrário não haveria apenas uma voz gritando. Se estivessem, ele estaria com um grande pepino nas mãos.

Lá em cima, bateram uma porta.

As escadas situavam-se bem no centro da casa. Kowalski as subiu em saltos e avistou uma fonte de luz: através das frestas na porta do banheiro. Uma mulher encostada na porta, apoiando-se na maçaneta. Parara de gritar e agora, com o rosto pálido, olhava para o nada.

– Senhora, estou aqui para ajudar. – Kowalski mostrou-lhe as palmas abertas.

A mulher fixou o olhar e gritou bem alto; em seguida, soltou a porta e caiu no chão acarpetado.
— Acalme-se, senhora. Sou da polícia.
Ele se ajoelhou próximo a ela.
— Como ficou sabendo? Eu acabei de encontrá-lo. Como sabia que deveria vir?
Rápido, Kowalski. Lembre-se: você não está de uniforme. Está sem sua arma e sem o distintivo.
— Estou à paisana. Terminei o plantão e estava indo para casa, quando ouvi uns gritos vindos daqui. Sua garagem estava aberta; achei que alguém tivesse invadido a casa. Tem alguém no banheiro?
— Meu m...marido. Ed. Ai, meu Deus! Ed!
— Está tudo bem com o Ed?
— Não... não está...
— Qual o problema? Ele precisa de uma ambulância?
A mulher então mostrou-lhe os dedos. Embora o corredor estivesse bem escuro, Kowalski conseguiu perceber que eles estavam ensanguentados.
— Fique aqui.
Kowalski levantou-se e abriu a porta do banheiro. Acima do armário da parede, quatro lâmpadas enormes encharcavam o recinto com uma luz intensamente branca. Alguém aqui gostava muito de luz.
Entretanto, isso só piorava a cena. Nem foi preciso procurá-lo; lá estava Ed, sentado na privada, completamente vestido.
De localização igualmente fácil, o sangue estava por toda parte.
Era como se alguém tivesse enfiado a mão em seu crânio, agarrado-lhe o cérebro e o espremido com toda a força. O sangue corria-lhe a face, saindo pelos olhos. Havia sangue nos lados do pescoço. No queixo. Na camisa. Nas mãos. Em todos os cantos tocados por suas mãos.
Ed estava mortinho da silva.
Kowalski pegou o celular.

0:15
Sheraton, quarto 702

Jack deu um solavanco. Sentou-se. Devia ter adormecido por alguns instantes.
— Bom-dia, luz do sol.

Sem expressão alguma, Jack fez um movimento com a cabeça, respondendo ao cumprimento; assustou-se com a paz que estava sentindo. Era como a calma eufórica após o vômito violento. O corpo se dá conta de que não está prestes a morrer e então libera endorfinas na corrente sanguínea, acalmando-se. Era como se seu corpo tivesse acabado de se arrastar, saindo das profundezas do inferno, e estivesse surpreso por ter sobrevivido à viagem.

É claro, seu corpo tinha sido enganado. O veneno ainda corria em suas veias.

— Você está com uma aparência um pouco melhor. Não gostei nada nada de vê-lo com dor.

— Talvez tivesse sido melhor se você não tivesse me envenenado, porra.

— Nossa, quanta amargura.

— Agora, falando sério: por que *eu*?

— Alguma coisa em seu rosto conquista a confiança das pessoas. Aposto como você é o cara de quem o pessoal sempre se aproxima para pedir informação.

Jack parecia um pouco mais jovem do que de fato era. Não seguia modismos de cortes de cabelo nem de roupas, o que mais ou menos lhe conferia uma aparência atemporal. Parecia um escoteiro ou um sacristão que de alguma forma conseguira chegar à idade adulta sem ser molestado. As pessoas *de fato* confiavam nele.

— Tive a mesma impressão — disse a loura. — Bati os olhos em você e percebi que era de confiança. E depois que eu lhe contar a razão por trás disso tudo, acho que vai me entender. Talvez até me perdoar.

Kelly abriu a boca e então a fechou bem devagar. Afastou alguns fios de cabelo da testa e olhou em volta, checando o quarto.

— Mas primeiro preciso pedir um último favor. Tenha paciência comigo.

— Claro, tudo bem. Você me envenenou, você é quem manda.

— Preciso ir ao banheiro. Estou superapertada.

— Experimente aquele quartinho ali com um assento branco de louça.

— Engraçadinho. Só que eu preciso que você vá comigo.

— Pode ficar despreocupada que eu não vou fugir. Preciso no mínimo descobrir por que você me ferrou. E vou mandar uma real: é bem provável que eu decida mantê-la aqui para bater um papinho com a polícia.

— Não é isso. Não posso ir sozinha.

— Por quê? Está com medo? Já disse: vou ficar aqui.

— Você *tem* que ficar comigo lá dentro.

— Você é mesmo pirada, né?

— Jack, você só me conhece há algumas horas. Mas já deu pra ter certeza de que não falo nada da boca pra fora.

Envenenei sua bebida. Definitivamente sério.

Se não fizer o jogo, morre. Muito certamente verdadeiro.

Preciso ir ao banheiro... não posso ir sozinha.

Beleza, vamos confiar nela.

— Não se preocupe, Jack. Estou apertada pra fazer xixi. Acho que eu morreria se fosse outra coisa. Você nem imagina os apertos por que já passei para fazer isso.

Jack não entendeu nada e também não estava dando a mínima. Ele queria respostas. Então está certo: ela precisava de sua presença no banheiro para fazer xixi, lá vamos nós. Na pior das hipóteses, ele teria algo curioso para compartilhar com Donovan Platt pela manhã: meu irmão, eu estava com a maior louraça no meu quarto que me pediu para observá-la mijando. Loucura, não é? Diz aí!

Kelly o ajudou a sair da cama – ele percebeu que ainda estava meio mole, tonto – e ele a acompanhou, arrastando-se. Era um típico banheiro de hotel: uma banheira com chuveiro, pia com armário e prateleiras, toalhas tão bem lavadas que quase dava para sentir o cheiro de alvejante no ar. Jack sentou-se na beira da banheira e observou Kelly abrir o cinto e em seguida desabotoar a calça jeans. Ela começou a baixar o zíper e então parou.

– Não precisa olhar.

Agora ele estava sendo acusado de perversão.

– Foi mal.

Jack virou a cabeça para o outro lado, ficou olhando para um azulejo branco na parede em frente. O rejunte em volta estava uma porcaria. Ele ouviu a fricção do jeans pernas abaixo, seguido do que ele presumiu ser a calcinha. Imagine só a esposa vendo esta cena também. Jack, sozinho em um banheiro de hotel acompanhando uma loura com a calcinha arriada até os tornozelos. Cara, nem sei se ela é loura de verdade.

Ela começou a se aliviar, acentuando o silêncio de forma constrangedora. O som da água batendo na água foi tão alto quanto o que se ouve na represa Hoover.

– Me diz uma coisa... isso é algum tipo de problema nervoso?

– Ah, para, né? Você disse que tinha família. Você e sua esposa nunca usam o banheiro ao mesmo tempo?

– Só se for inevitável.

Usavam até o dia em que ela pediu o divórcio. E ele continuou:

– É que somos pessoas reservadas.

– Achei que os homens fossem um pouco mais abertos. Namorei um cara que adorava fazer as necessidades com a porta escancarada. Andava pelado pelo meu apartamento. Sem um pingo de vergonha. Mas também ele realmente tinha do que se orgulhar. Acho que era meio exibicionista.

– É, mas eu sou diferente.

Agora, pensando bem, a única garota que ele observou fazer as necessidades foi a filha, Callie. Mas isso tinha sido na época em que a menina estava aprendendo a usar o vaso, e aquilo já acabara um ano atrás, quando ela estava com três aninhos. "Preciso de privacidade, papai", a menina disse um dia. Ele achou graça e ficou triste ao mesmo tempo.

Kelly terminou. Ele a ouviu tirando um pedaço de papel higiênico do rolo e então apertar a descarga. Quando ela se levantou para colocar o jeans, Jack se voltou para ela.

Disse a si mesmo que pensou que ela tivesse terminado e já estivesse completamente vestida, mas, no momento em que pensou isso, ele sabia que era mentira. Porque estava a fim de ver mesmo. Porque era homem.

Homens são criaturas visuais, eternamente fascinados por partes aleatórias do corpo de mulheres por quem eles não sentem sequer atração. Em seu caso, até da mulher que o envenenara. Não dava para *não* olhar.

– Que é isso?!

Jack deu uma rápida olhada: viu a pele bem clarinha de Kelly, com um triângulo de pelos ruivos, todo certinho, bem rente. Pronto. Loura natural é o cacete. E lá se foi o triângulo, escondido pelas listras cor-de-rosa da calcinha.

– Foi mal. Pensei que tivesse acabado.

– Tudo bem – disse Kelly. – Pensou que eu lhe devesse pelo menos uma olhadinha, não foi? Depois de toda a encrenca em que enfiei você.

– Você não me deve nada.
– Devo uma explicação. Mas você está pronto para escutar?

0:18

Avenida Edison

– Explique-me exatamente o que houve.
Kowalski estava ao celular. Convencera a esposa de Ed – Claudia – a voltar para o quarto por um instante enquanto ele chamava reforços. Obviamente não era o que ele faria, e, em um minuto, Claudia saberia que alguma coisa estava errada ali. O relógio, como sempre, não parava de correr.
Bem-vindo à minha vida.
Então ele voltara ao banheiro. Cristo rei! Com todo este sangue, os irmãos Dydak teriam vindo de calça. Isso era faxina para umas seis ou sete horas.
Em seguida, fizera a ligação. Para sua chefe, no último número que ele memorizara. Pediu orientações.
– Explique-me exatamente o que houve – ela pedira.
Kowalski entrou no banheiro, fechou a porta – não queria que Claudia escutasse a conversa – e rapidamente descreveu as lesões. Estavam todas acima do pescoço. Não havia sinal de ferimentos por arma de fogo nem lacerações. Todo o sangue esguichara-se pelos olhos, nariz, ouvidos e boca. Como se o cérebro do sujeito fosse uma laranja de sangue e alguma força invisível a tivesse espremido com um só apertão.
– Um momento, por favor.
Claudia voltou a chorar. Ele a ouviu pela parede. Que droga, isso não ia durar muito tempo. O negócio era pedir a Deus que os sabichões na CI-6 andassem rápido e orientassem a chefe a como responder. O que fazer em seguida.

– Precisaremos da cabeça do sujeito – disse a chefa. – Lacre-a e aguarde instruções de entrega. Ligarei para esse telefone.

Foi o que Kowalski achou. Que droga! Não seria nada fácil com a esposa ali do lado. Então mais uma coisa lhe ocorreu. Um sujeito-alvo, beijando um outro sujeito-alvo; o novo sujeito-alvo morre uma hora depois. Seria alguma espécie de arma biológica? Um vírus poderoso? Ebola?

– Devo isolar a casa em quarentena? A esposa do sujeito está aqui.

Eu estou aqui.

– Não é necessário. Mas não deixe que o sangue do sujeito entre em contato com nenhuma ferida aberta, arranhões ou mucosas. Trate o caso como se fosse Aids. Fui clara? Precisamos também que você limpe a casa.

Isso não era nenhuma novidade para Kowalski. "Limpar" não tinha nada a ver com desinfetante e pano de chão.

Claudia ainda chorava.

O otário ali no banheiro devia ter levado o que merecia. Ou não. Deus castiga quando se beija uma estranha em um aeroporto enquanto a esposa o aguarda em casa. Mas a esposa era inocente, pelo que ele sabia.

Claudia, sofrendo como qualquer mulher sofreria.

Qualquer mulher normal.

Deixe isso pra lá, Kowalski. Tente achar alguma ferramenta à mão; deixe para remoer esse troço mais tarde. Você é bom nisso, está lembrado? Deixe *tudo pra lá.*

Ele abriu o armário da parede. Encontrou o que precisava logo de cara. Checou o rótulo. Isso. Era do que ele precisava. O tipo que não partia na metade do caminho. Claudia voltou para saber o motivo da demora, por que não havia centenas de sirenes e luzes piscando lá fora porque seu marido, pelo amor de Deus, o cérebro do marido explodira dentro do crânio, e o mundo inteiro deveria

correr até a cena para ajudar, para entender o que ocorrera. Pelo menos, era isso que Kowalski achava que ela estivesse pensando agora.
– O que está fazendo aí dentro?
Ele pegou a embalagem plástica de fio dental, abriu a tampa. As melhores operações forneciam as próprias ferramentas.
– Preciso que veja uma coisa, sra. Hunter.

0:25

Sheraton, quarto 702

Sentaram-se no sofá no nível superior do quarto, três degraus acima do "buraco" onde ficavam as camas. Era um sofá macio, decorado com um padrão discreto, em tons claros de marrom e bege. Quem olhasse para ele por muito tempo adormeceria. Em um hotel como esse, fazia sentido. O negócio era passar grande parte do tempo inconsciente. Então pagava a estada e voltava para casa. Jack e Kelly sentaram-se em extremidades opostas. Ela tirou os sapatos e colocou os pés no sofá, bem pertinho de Jack.
– Então vamos ao que interessa. Primeiro, tenho de lhe dizer por que escolhi você.
– Então não foi aleatório.
– Não. Escolhi você no voo de Houston. Eu estava sentada na segunda fileira atrás. Não o culpo por não ter me notado. Você foi ao banheiro nos fundos do avião apenas uma vez, mas houve uma pequena turbulência. Você se esforçou para manter o equilíbrio. Lembra-se?
Era verdade. Jack quase saiu do banheiro com a calça respingada, devido à turbulência.
– Ouvi você conversando com o cara ao lado, um advogado, e você disse que era jornalista. É verdade?

– É. Sou repórter. Trabalho para um jornal semanal em Chicago. Olha só, se isso aqui é uma tentativa de me contar alguma coisa para publicar, podia ter me explicado. Teríamos marcado entrevistas e gravado oficialmente. Eu *podia* tê-la ajudado, qualquer que seja a encrenca em que você esteja metida. Por que fez isso tudo?
– Porque sem você, eu estaria morta.
– Oh.
Jack parou.
– Como assim?
– Estou falando sério. Literalmente. Se eu não estiver com alguém a três metros de mim o tempo todo, eu morro.

0:28
Porão, avenida Edison

Hora das ferramentas. Kowalski encontrou algumas sacolas plásticas para freezer, tamanho extragrande, em uma gaveta na cozinha; os Hunter gostavam de congelar cortes grandes de carne. Dentro do freezer de seis metros cúbicos, da marca Frigidaire, ele achou frangos inteiros, pernas de cordeiro, costeletas de porco, bifes de flancos, e por aí vai. Provavelmente tinham o cartão de clientes VIPs em uma loja atacadista. Kowalski imaginou se Katie o teria convencido a concordar com uma coisa dessas – algo totalmente contra os seus princípios de uma vida simples e econômica. Entretanto, com um bebê a caminho, teria sido diferente. Era difícil arranjar uma fralda de uma hora para outra. Era preciso manter um estoque cheio. Pelo menos, era o que tinham lhe dito.

Vamos parando com essa droga. Pegue a cabeça e dê o fora.

As sacolas plásticas eram do tamanho perfeito para uma cabeça humana.

Lá no porão, Kowalski achou umas bolsas de ginástica em um armário de cedro. Escolheu a mais discreta e resistente: uma espécie de sacola de acampamento da Adidas *Diablo*, com uma abertura em U no topo, de fácil acesso.

Em um armário sob uma bancada de trabalho, Kowalski achou uma serra de arco barata, mas que daria conta do serviço. A lâmina parecia nunca ter sido usada.

Ele tinha torcido para encontrar algum tipo de ferramenta elétrica, mas não achou nada. Estava na cara que Ed não era chegado a consertos domésticos.

Kowalski ia ficar com o braço dolorido mais tarde. Tinha certeza disso.

Quanto à destruição da casa – o que era uma pena: a casa era bacana, com piso de tábua corrida, piscina em forma de feijão nos fundos e, para completar, um ofurô cercado de pinheiros –, ia ser moleza. Não havia necessidade de se preocupar com os vizinhos, pois era uma casa isolada. A explosão podia ser devastadora, e podia se limitar ao terreno.

Ele ia usar sua técnica preferida: a explosão temporizada seguindo um rastro de combustível. Com a quantidade certa de combustível espalhada pelos cantos, em questão de minutos não sobraria um pedacinho da estrutura para contar história. E, com ela, sumiriam quase todos os rastros do crime. Não que isso importasse; nada ali podia ligar Kowalski à cena. De nada ele serviria à investigação. Era um fantasma.

Enquanto Kowalski subia as escadas, ele pensou em Claudia Hunter e em sua luta contra a morte. Ela queria desesperadamente viver. E, por um momento muito estranho, Kowalski sentiu-se fraco. Teria Katie lutado assim em seus últimos instantes de vida? Foi o que ele se perguntou.

Olhou para as fotos de Ed e Claudia. Ela era quem dava as cartas ali, sem dúvida nenhuma. Ed parecia meio sem graça em todas as fotos, como se pensasse: "Eu tenho mesmo que estar aqui pra isso?" E Claudia chutava-lhe a canela, dizendo: "Mais do que estar aqui, você tem ainda que parecer estar gostando."

Ed, beijando uma estranha no aeroporto, na esperança de descolar uma rapidinha em vez de estar em casa, trabalhando na relação com a esposa.

Kowalski levou a bolsa da Adidas, um saco plástico de freezer e a serra de arco para o banheiro. Era hora de descobrir a grossura da espinha de Ed Hunter.

A pele e os músculos foram moleza. Atravessar o pescoço com a serra já deu trabalho. A cada vai e vem da serra, Kowalski repetia para si mesmo a frase, sílaba por sílaba: *Não [vai] a [vem] cre [vai] di [vem] to [vai] que [vem] es [vai] te [vem] é [vai] meu [vem] tra [vai] ba [vem] lho...*

0:32

Sheraton, quarto 702

— E stá preparado, Jack? Não quero ficar repetindo.
— Manda.
— Estou com um dispositivo experimental em meu sangue. Na verdade, mais de um; milhares deles. Nanomáquinas. Conhece o termo? Microscópico, invisível ao olho humano. Estou simplificando quando digo que estão em meu sangue. Estão em todos os sistemas de fluidos em meu organismo: saliva, lágrimas, nódulos linfáticos.

Jack piscou. Olhou para Kelly e, em seguida, para o criado-mudo no extremo oposto da sala.
— Se importa se eu tomar nota?
— Era o que eu esperava que você fizesse.

No criado-mudo, havia uma caneta e um bloco de notas do hotel Sheraton. Ele os pegou e voltou para o sofá. Por via das dúvidas, escreveu "nanomáquinas", caso essa conversa desse em alguma coisa. Ou, caso precisasse de provas no tribunal.

– Tudo bem; então quer dizer que seu corpo está cheio dessas maquininhas.

– Está bancando o repórter?

– Estou.

– Bem, vamos parando por aí. Me deixa contar a história.

Jack largou a caneta e o bloco.

– Não se esqueça de que me restam apenas sete horas de vida.

Kelly apertou os lábios por um instante, então continuou:

– As máquinas são dispositivos de localização. Não param de enviar informações para um satélite: temperatura corpórea, frequência cardíaca, posição global. E essas informações são retransmitidas para uma estação central.

– Parece coisa de Big Brother.

– É, podemos ver as coisas desse jeito, sim. Mas pense nas possibilidades de localizar criminosos ou terroristas. Outra é... espere, você disse que tem filhos?

– Uma filha.

– Como se chama?

– Não sei se quero dizer. – Jack olhou para o relógio no criado-mudo. Eram 23:30 em Gurnee. Callie sem dúvida estava dormindo, agarrada ao ursinho rosa, que era também um pequeno cobertor. O troço parecia um bicho preguiça mutante, mas a garotinha se recusava a largar seu amiguinho, que a acompanhava já desde o nascimento.

– Deixe de criancice. Quantos anos ela tem?

– Callie está com quatro aninhos.

— Bem, imagine, Deus a livre e guarde, se algum louco desgraçado sequestrasse Callie em um shopping. Não haveria como encontrá-la, a menos que o sequestrador fosse tão imbecil a ponto de passar na frente de uma câmera de segurança.

Só de pensar, Jack sentiu um frio na barriga, dando-lhe um nó no estômago.

— Com esse sistema, em um segundo Callie seria localizada e a polícia conseguiria resgatá-la minutos depois. Sequestros virariam coisa do passado.

Jack pensou.

— A não ser que os sequestradores descobrissem como se desligam essas nanomáquinas.

— Impossível. Há muitas delas. Multiplicando-se, usando o próprio sangue como matéria-prima. Todos os benefícios de um vírus, sem nenhuma das fraquezas. A menos que saiam do corpo. Sem nada do que se alimentarem, elas morrem. Mas, lá dentro do organismo, não há como se livrar delas.

— Você parece orgulhosa desse troço.

— Trabalhei no laboratório que as criou. É meu trabalho. Era meu trabalho lá na Irlanda.

— Você não tem sotaque. Apesar de que, vez ou outra, dá uns deslizes.

— Estou tentando pegar o jeito do povo daqui, meu amigo — respondeu com um sotaque irlandês bem pesado. — Agora estamos só nós aqui: você, eu e as Mary; sabe como chamo as maquininhas?

— Não. Como?

— As Mary Kates. Sabe aquelas gêmeas louras? As Olsen? São exatamente como essas coisinhas. Estão por toda parte.

Então, a tal Kelly tem umas maquininhas, batizadas em homenagem a duas louras tontas, correndo em suas veias. Certo.

— Há ainda mais uma característica especial que impressionou todo mundo. As Mary Kates fazem mais do que localizar a pessoa;

conseguem determinar se a pessoa está acompanhada. Voltando ao caso dos sequestros. Elas servem para ajudar a equipe de resgate a pegar os sequestradores em vez da vítima.

– Quer dizer então que, neste exato momento, essas Mary Kates sabem que estou com você.

– Sabem. Detectam inclusive que você está a menos de três metros de mim. Estão captando suas ondas cerebrais e seus batimentos cardíacos. Essas garotas são muito sensíveis.

– Que porra mais sinistra.

– Não tão sinistra quanto o que estou prestes a lhe contar. Lembra-se?

– O quê?

– Se as Mary Kates detectarem que estou sozinha, correrão até meu cérebro e o explodirão.

0:42

Avenida Edison

A sacola não ficou tão pesada quanto ele imaginara. Em média, uma cabeça humana pesa uns três quilos – um quilo de crânio, um quarto de pele, um quilo e meio de cérebro e mais uns trocados de água, gordura e companhia limitada. Só que a sacola da Adidas ficou pesando menos que três quilos.

Talvez tivesse sido por causa de todo o sangue e pedaços de cérebro que se esguicharam pra fora.

Legal, né?

Kowalski ficou se perguntando até onde teria de viajar com a tal cabeça. Um avião estava fora de cogitação. O Serviço de Segurança Nacional passaria sua sacola de $19,95 no raios X e os funcionários dariam de cara com os olhos esbugalhados de Ed os encarando.

Era muito provável que a CI-6 mandasse algum agente local para receber a cabeça, analisá-la e fazer o que bem quisesse com ela. O Departamento de Segurança Nacional é assim, meus caros. Mantendo os Estados Unidos Seguros, Uma Cabeça Decapitada de Cada Vez.

Ele colocou a sacola no chão da parte de trás do carro, acomodando-a entre uma caixa de lenços de papel e um livro de capa dura intitulado *The Lean Body Promise* – A promessa do corpo magro. Ed não mais precisaria se preocupar em perder peso. Hoje ele já perdera cerca de três quilos.

Caramba, que droga. Katie teria achado graça disso.

Após checar cuidadosamente a rota de saída no GPS do Tribeca, abriu as portas da garagem e deu ré em direção à rua. Enfiou a mão no bolso e tirou o celular de Ed – ele o encontrara na bolsa do finado. Em seguida, ligou para a casa dos Hunter, cujo número fora convenientemente escrito à caneta no telefone na parede da cozinha. A linha estava conectada ao seu detonador via tubulação de gás improvisada. A coisa mais simples do mundo. Um telefonema, uma explosão de arrepiar, começando no porão.

Kowalski apertou a tecla "enviar" e apreciou a explosão que estraçalhou as janelas do primeiro andar e causou um eco por toda a vizinhança.

Então, viu Claudia mergulhar pela janela do segundo andar, rolar pelo barranco coberto de grama ao lado da casa, levantar-se com enorme dificuldade e aí sair em disparada pelos fundos da casa vizinha. Quando as janelas expeliram todos os estilhaços de vidro pela grama, Claudia já não estava na área.

Cacete!

Impressionante!

Kowalski sabia que tinha pegado leve ao estrangulá-la com o fio dental. Mas detectou que o pulso de Claudia diminuíra; a criatura estava morrendo só que, pelo visto, a viúva tinha outros planos.

Kowalski disparou para fora do carro, pensou, então pegou a sacola nos fundos. Não havia como saber quanto tempo levaria até conseguir capturar Claudia. Não podia deixar a cabeça para trás, pois algum ladrão de carro estúpido poderia acabar levando-a.

E lá foi ele, passando pela garagem, indo para trás da casa, e a cabeça de Ed chacoalhando dentro da sacola barranco abaixo.

Aí, cara: é sua esposa, malandro.

Claudia corria bem depressa, apesar de estar descalça e de camisola.

Alguns quintais mais adiante, Kowalski parou para deixar a sacola numa casinha de árvore. A estrutura era bem complexa, com duas entradas separadas e peças tingidas, todas certinhas, perfeitas demais para terem sido montadas à mão. A sacola o estava atrasando, e ele não queria danificar demais o conteúdo. Tampouco deixá-la no carro, onde um policial curioso podia avistá-la.

Kowalski olhou em volta, procurando uma arma, viu o que queria, pegou e saiu à caça de Claudia.

Que diabos! A mulher era rápida.

0:46

Sheraton, quarto 702

— Quer dizer então que se eu me afastar, você morre.
— Em mais ou menos dez segundos. Sim.
— Tá de sacanagem com a minha cara.
— Pena que eu não possa nem pensar em mandar você fazer um teste para confirmar. Dói demais.
— Por que três metros? Quer dizer, por que não dois ou quatro? São exatamente três metros?
— Sabe, é meio difícil fazer cálculos científicos precisos quando se tem a sensação de que o cérebro vai explodir dentro do crânio.

Mas, baseado em provas disponíveis, eu diria que sim, essa armadilha microscópica ao redor de meu pescoço vai até três metros exatamente.

Jack considerou a explicação.

— Espere aí. Obviamente você não trabalha sozinha num laboratório. Será que seus colegas não conseguem ajudá-la a se livrar dessa enrascada? Tipo, consertando esse erro fatal no programa? Sei lá, fazendo uma transfusão de sangue?

— Estão todos mortos. Por isso, saí da Irlanda.

Kelly olhou para ele, com uma expressão de "pelo amor de Deus, cala essa boca e me escuta". Seus olhos diziam: "Não vai ser fácil falar sobre isso, de forma que acho melhor você parar de fazer perguntas e me deixar contar tudo do meu jeito."

Pelo menos, essa havia sido a leitura de Jack. Ele já conhecia aquela expressão muito bem. Teresa era pós-graduada nisso.

— Eu sempre soube que trabalhava em um campo perigosamente competitivo — ela disse. — Não somos oficialmente parte do governo, mas também não somos independentes. Você nem acreditaria nos acordos de confidencialidade que assinamos. E temos de participar de "troucentos" seminários sobre segurança laboratorial. Mas nada disso adianta de porra nenhuma quando cinco capangas com roupas de náilon e facas de Rambo invadem seu laboratório numa manhã e começam a cortar a garganta de seus colegas.

"Esses caras, sejam lá quem forem, queriam as Mary Kates e todas as pesquisas de nosso projeto. Pouparam minha vida e de meu chefe para que juntássemos todos os dados. Meu chefe conseguiu disparar uma sequência autodestrutiva em nossos servidores, mas os caras sacaram a dele, interromperam a sequência e cortaram-lhe uma das mãos pela falta de cooperação. Nem sei dizer ao certo se ele está vivo uma hora dessas."

— E você?

– Pulei de uma janela e saí correndo.
– Então, como...
– Como as Mary Kates pararam em meu sangue? Acidente laboratorial. Quando fomos emboscados, cada um de nós já tinha uma boa dose do negócio no organismo. Era uma das coisas que tentávamos... tipo assim... aperfeiçoar.
– Então, o erro fatal foi introduzido e o satélite ainda estava fixado em você.
– Exatamente.
– E, desde então, você ainda não ficou sozinha?
– Formidável, não?

Ela repousou a mão sobre o antebraço dele. Kelly tinha uma pele macia e quente.

– Antes de continuar, preciso dizer uma coisa: você não precisa acreditar em mim. Na verdade, acho que seria maluco se acreditasse. Há uma caixa repleta de impressos e um pen-drive cheio de pesquisas que confirmarão minha história. Está tudo em San Diego, caso algo me aconteça.

Ela fez uma pausa.

– Está prestando atenção?

Jack estava com a cabeça baixa, processando tudo.

– Estou.
– Graças a Deus. Eu ficaria muito chateada se você estivesse com a cabeça em outro lugar enquanto passo informações vitais que podem ser úteis caso eu morra prematuramente.
– Eu só estava...
– Não importa. Se eu for parar na terra dos pés juntos, vá até o Westin Horton Plaza, no centro da cidade, perto da Gaslamp Quarter. Na recepção, diga que Mary Kate o mandou lá para apanhar um pacote.
– Devo tomar nota disso?
– De jeito nenhum, meu amigo. Memorize.

Mesmo assim, Jack anotou as iniciais: MK, WHP, SD.

– Beleza, entendi. Mary Kate, Westin Horton Plaza, San Diego. Mas espere aí... Não dá para localizar seu chefe? Será que não há nenhuma chance de ele estar vivo?

– Mesmo que estivesse, seria difícil localizá-lo. Não sei o nome dele. O cara se autodenominava "o Operador", nada mais. Era obcecado por segurança. Mas agora foi tudo para o espaço, né?

0:51

Fundos da casa na avenida Edison

Lá estava Claudia. Correndo pelas margens de um riacho rochoso que passava por trás das casas. Você se casou com uma mulher muito esperta, Ed. No lugar de correr por uma rua vazia, onde podia ser facilmente pega, ela decidiu seguir um caminho central longe do perigo, muito provavelmente planejando sair da toca quando o perigo tivesse passado.

Desculpe, sra. Hunter, pensou Kowalski. Esse perigo aqui tem um servicinho para concluir.

Acelerando a todo vapor, Kowalski diminuiu a distância. Ao deixar a cabeça lá atrás na casinha da árvore, ele pegara uma pedra lisinha que agora acariciava com as pontas dos dedos. Coisinha dura feito o cão.

– Claudia!

É sempre melhor usar o primeiro nome. Aumenta a probabilidade de resposta.

Ela não se virou, mas reduziu por um segundo, e, nesse instante, uma ponta de esperança esvaiu-se de seu corpo. Era tudo de que Kowalski precisava. Ele atirou a pedra em sua cabeça; tiro certeiro. Claudia dobrou os joelhos e caiu para frente, dentro do riacho.

Kowalski não desacelerou. Precisava confirmar a morte – caso contrário, teria de induzi-la –, então pegaria a cabeça e daria o fora dali. Atrás dele, não muito longe, a casa dos Hunter ardia em chamas feito uma fogueira de três andares.

Ainda restava um pouquinho de forças em Claudia. Estava deitada de face para cima no riacho raso, embora Kowalski a tivesse visto cair de bruços. Restara-lhe energia suficiente para virar-se. Ele admirava isso. Encare seu agressor em vez de se esconder do inevitável. Kowalski a imaginava evocando suas últimas reservas de energia só para cuspir quando ele se aproximasse.

Ele buscou o pulso; estava diminuindo rapidamente. Ela já estava falecendo.

Ele pensou em deixá-la assim mesmo. Os investigadores podiam concluir que ela caíra e batera a cabeça enquanto fugia de uma casa em chamas...

Está bem, tudo bem, era besteira. Era preciso estrangulá-la profissionalmente.

Só que, antes disso, Kowalski ficou surpreso pela repentina vontade de se inclinar e beijar-lhe a testa.

Ele não o fez, é claro.

Porém, colocou a mão esquerda em seu queixo e a direita em sua nuca. E então torceu...

Por que ele pensava em coisas dessa natureza?

... bem torcido.

Agora, de volta à casinha da árvore. De volta à cabeça de Ed. De volta à chefe, à sua missão de vingança antes de lutar contra a inevitável e devastadora dor de ter perdido Katie e seu bebê...

Kowalski esticou o braço e passou a mão. Pegou uma farpa, nada mais.

E a sacola?

Sumiu.

0:52

Sheraton, quarto 702

— Dá pra fazer o favor de parar? Enquanto falava, Kelly não parara de se aproximar de Jack, que tentava manter um espaço pessoal. Ele já estava ficando apavorado.

— Parar o quê?

— Olha só, juro que não vou embora. Fique sentada aí na sua ponta do sofá e eu fico aqui na minha. Tive um dia muito longo que se torna cada vez mais longo ainda. Preciso digerir isso tudo.

— Então tá, Jack, tá. Digira o quanto quiser. — Ela se recostou e fechou os olhos. Estava aborrecida.

Que ótimo. Ele se sentia culpado por uma mulher que tentara matá-lo. Não, melhor ainda — *que continuava no processo* de matá-lo. O veneno ainda corria-lhe as veias.

Kelly abriu os olhos.

— Olha, esqueça tudo que contei. Pode acreditar; pode me achar uma doida. Pode escrever uma matéria sobre isso ou pode ir embora e nunca mais pensar nessa coisa. Só peço uma coisa: uma noite de sono. Estou implorando. Apenas deite-se ao meu lado na cama até amanhecer; então lhe darei o antídoto e nunca mais terá de me ver.

Jack olhou para ela, que, de fato, parecia exausta. Exatamente como ele se sentia.

— E se eu pegar o antídoto em sua bolsa enquanto você estiver dormindo? Como você sabe que vou ficar aqui?

— Até agora você não tentou pegar o antídoto, queridinho. Você não é esse tipo de pessoa.

— Está mesmo certa disso?

– Além do mais, é meio complicado. Envenenei você com uma toxina luminosa. Se não tratado corretamente, o caso pode ficar muito sério. Preciso lhe aplicar o antídoto gradualmente, na dose certa. Ainda que por algum milagre você encontre o antídoto, terá de saber como administrá-lo.

– Como é mesmo que se chama esse troço com que você me envenenou?

– Sou cientista, Jack. Tenho acesso a toda espécie de produto químico maléfico.

– Tudo bem, digamos que eu pegue sua bolsa e a leve a um médico e conte pra ele o que você me contou. Conto que fui envenenado por uma toxina sei lá das quantas.

– Toxina luminosa.

– Isso. Isso mesmo. Você não é a única cientista que sabe lidar com esse negócio.

– Como quiser. Mas, se tentar deixar este quarto enquanto eu estiver dormindo, pelo menos permaneça no corredor por alguns segundos pra me ouvir morrer.

Jack olhou para o relógio digital próximo à cama: 0:54. Tinha um compromisso em menos de oito horas.

– Só preciso dormir. *Por favor.* Deixe-me dormir.

Ele também precisava dormir. E, pela primeira vez em toda a noite, Kelly pareceu minimamente racional. Talvez tivesse se acalmado um pouco ao falar sobre o problema. Jack conseguiu ter uma ideia da situação.

– Tudo bem – ele respondeu.

Kelly se inclinou e beijou-lhe o rosto. Instintivamente, ele se virou em sua direção e, então, se segurou no último minuto. Deus do céu! Por um instante, ele pensou que fosse Teresa. Quase beijou-lhe os lábios.

Porém, mesmo que Jack não tivesse se controlado, só o recuo da loura já teria servido de sinal. Ela se afastou como se ele tivesse lhe dado um choque elétrico.

– Você não pode me beijar.
– Eu não ia beijar você.

Aquela era a última coisa que lhe passaria pela cabeça por vários motivos, sendo o mais importante de todos o fato de ele não ter o hábito de beijar alguém que tivesse atentado contra sua vida. Mas agora que ela tocara no assunto... é claro, agora ele não conseguia pensar em outra coisa.

– Confie em mim, Jack. É uma péssima ideia. Lembra-se das Mary Kates?

– Eu não ia beijá-la.

– Suponha que eu esteja gripada. Gripe das brabas. É assim que essas desgraçadas atuam.

– Tudo bem – disse Jack, olhando fixamente para os lábios de Kelly. Aqueles lábios naturais, carnudos e macios.

Ela virou a face, então abaixou a cabeça e a recostou sobre o ombro dele.

– Você não imagina há quanto tempo esperei que alguém acreditasse em mim. Alguém que não me achasse louca. Se eu não estivesse infectada por nanomáquinas assassinas, eu chuparia seu pau como agradecimento.

Jack ficou sem saber o que dizer.

– Pô... valeu – foi a única coisa que lhe ocorreu.

Ela começou a tremer como se chorasse.

Não, não eram lágrimas. Ela estava rindo.

– O que foi?

– Nossa, ainda bem que não precisei lançar mão do plano B. Definitivamente você teria interpretado tudo errado.

– Que plano B?

– Algemas.

0:55

Fundos da casa na avenida Edison

A coisa ali não estava nada boa. Kowalski viu as luzes piscantes dos caminhões dos bombeiros refletidas no céu noturno. Logo, logo a polícia começaria a revistar a área em busca de sobreviventes. Logo, logo os vizinhos acenderiam as luzes, abririam a porta da frente sem entender que diabos estava acontecendo à uma hora da madrugada.

E a casinha da árvore, nada. Toda vazia.

A bolsa desaparecera.

Em volta, não havia sequer uma alma viva. O tempo que ele deixara a bolsa ali não fora o suficiente para que alguém "sem querer" a tivesse encontrado. Por quanto tempo ele se separara da bolsa? Uns três minutos? Quatro, no máximo? Que diabos aconteceu? Teria a cabeça de Ed criado pernas feito uma aranha peluda e decidido dar uma voltinha?

Nas casas espalhadas pelos morros, viam-se luzes se acender. Então, pelo canto do olho, Kowalski percebeu o oposto: uma luz *se apagando*.

Ele matou a charada em segundos.

Que droga, ele não estava com tempo para isso.

Em 30 segundos, Kowalski estava na sala de visitas, encarando o sujeito que olhava fixamente para a sacola da Adidas roubada sobre a mesa de jantar. Sob a luz fraquinha, ele parecia um professor de faculdade obcecado pelo trabalho, acordado tarde da noite corrigindo provas e, nos momentos de folga, escrevendo um romance. Apesar da calça jeans e do blusão um pouco apertado demais para sua idade, o cara estava com o cabelo todo desgrenhado, como se tivesse acabado de se levantar da cama. Seu fascínio pela sacola era enorme – talvez estivesse pensando. Esqueça essa história de romance; essa bolsa deve estar cheia de grana roubada. Até que fazia sentido. Quem mais, senão um bandido, guardaria uma sacola numa casinha de árvore? O professor, entretanto, estava prestes a ter uma surpresa. Kowalski pensou em se pronunciar apenas depois que o cara abrisse a sacola. Aí está, meu camarada. Inclua isso no romance. Só que ele já estava ficando incomodado com aquela história de matar inocentes. Não precisava de mais um cadáver em sua consciência.

Essa noite, não.

Kowalski pigarreou.

O cara deu um solavanco e então paralisou. Movia apenas os olhos.

– Isso mesmo, bem aqui, está vendo? – Kowalski acenou.

O professor moveu a cabeça bem devagar, sinalizando que sim.

– Essa bolsa aí não lhe pertence. Se está achando que vai encontrar alguma grana, joias ou qualquer coisa que possa considerar de valor, pode tirar o cavalinho da chuva. Dê alguns passos para trás, deixe-me pegar minha bolsa e daí eu vou embora, esquecendo que você roubou algo que me pertence.

– E como vou saber que é sua mesmo?

– Porque estou dizendo. E tem mais: nunca duvide de um homem com uma semiautomática apontada para sua barriga.

Kowalski não tinha nenhuma semiautomática.

O homem disse:

– Quero uma parte.

– Uma parte do quê?

– Do que está nesta sacola. Divida uma partezinha comigo. Considere como uma taxa de manutenção. Sei muito bem como vocês, bandidos armados, operam.

– Cara, você não precisa de nada que está dentro dessa sacola.

– E você não está armado coisa nenhuma. Só se fosse muito otário pra ser pego com a grana e, ainda por cima, uma arma. Aumentaria mais uns vinte anos de cadeia. Você se livrou da arma assim que acabou o serviço.

Que cara chato. Definitivamente era professor de faculdade, achando que podia usar seu intelecto como arma. Sempre se achando esperto demais para ser pego. Devia estar acordado àquela hora, tomando um cappuccino, tendo ideias brilhantes, quando viu Kowalski pôr a sacola na casinha da árvore.

– Você não teme pela vida de seus filhos? Porque, assim que eu acabar com sua raça, eles serão os próximos.

– Por que você acha que tenho algum filho?

– Antes de matá-los, eu lhes direi que foi tudo culpa do papai.

– Ah, entendi... a casinha da árvore, né? Quando comprei esta casa, já a encontrei lá. Não tenho filhos, imbecil. Assim como você não tem arma nenhuma.

Kowalski tinha se contentado em pegar a sacola na marra e deixar esse cara vivo. Foi o que ele pensara ao arrombar a porta dos fundos: Deixá-lo viver. Já havia matado muita gente para um dia só –, porra, ele acabara de abandonar uma moribunda em um riacho raso. Não precisava jogar mais um cadáver na pira.

Só que esse cara estava pedindo.

– Então, tudo bem. Pegue o que quiser na sacola e deixe-me dar o fora daqui. Estou ouvindo as sirenes.

O professor sorriu e então abriu a bolsa e olhou lá dentro. Seu queixo quase caiu no chão.

Kowalski se aproximou e, com a mão espalmada, meteu um bofete no cara, atingindo-lhe o nariz. Melhor do que um murro – menor possibilidade de quebrar a mão. O professor ficou atordoado, mas, ainda assim, mandou um soco de direita, o qual Kowalski, com a mão aberta, desviou para o lado. Sem perder a oportunidade, ele agarrou o punho do professor e o puxou para frente, deixan-

do-lhe os rins e o cóccix vulneráveis. Então socou várias vezes até que o homem ficou paralisado no carpete, soluçando.
— Você é professor de sociologia, né? Todo esse papo de 20 anos de cadeia.

O sujeito se contorceu e gemeu. Kowalski enfiou a mão no bolso e encontrou o que procurava.
— Diga uma coisa. Fio dental dá quantos anos de cadeia?

1:45

Sheraton, quarto 702

Baseado em sua respiração, que então se estabilizara em um ritmo lento e confortável, Jack verificou que a loura adormecera de fato.

Graças a Deus pai.

Nanomáquinas? O Operador? As gêmeas Olsen? Um satélite assassino? Prova em San Diego? Toxina luminosa? E aquele papo de evitar um beijo em uma hora e, em seguida, oferecer um boquete? Que picaretagem era essa?

Só que, no fundo, Jack sabia que não se tratava de picaretagem. Era mais provável que a mulher não passasse de uma louca, pirada. Alguma espécie de cientista que enlouquecera ou que passara algumas noites em claro tentando resolver uma equação complexa.

Toiiiiinn!! Um parafuso se soltou! Vamos sair e sequestrar um homem tomando um submarino num bar de aeroporto! Um triste substituto de uma vida social perdida.

Bem devagar, Jack rolou para fora da cama e se dirigiu para o outro lado, onde ela deixara a bolsa de vinil. Era uma dessas mochilas de uma alça que cruza o peito passando apenas por um ombro, famosa entre jovens de vinte e poucos anos, que andam na contramão da cultura de massa. Ele abriu a aba e viu que a mulher não estava de brincadeira. Viu as algemas. Colocou-as no carpete bem devagar, evitando balançar a peça para não fazer nenhum barulho metálico.

Não eram algemas da polícia. A menos que alguns departamentos municipais tivessem passado a comprar seus instrumentos de contenção em uma loja chamada Os Prazeres da Carne. Jack leu o nome em um selo roxo na base de uma das algemas. Sexy! Só que as algemas não eram de plástico. Afinal, os jogos sexuais só valiam a pena se tivessem um pouco de realismo.

Serviriam para prendê-la à cama enquanto ele chamava a polícia.

Depois que os guardas chegassem, ela teria de lhes contar tudo sobre Mary Kates, Bob Sagets e sabe lá Deus quem mais habitava naquele clube de piadas que ela trazia naquela cabecinha. Eles podiam obrigá-la a aplicar o antídoto... Opa, espere aí... O antídoto deveria estar bem aqui, na bolsa.

Com o máximo de cuidado possível para não fazer barulho, Jack revistou a bolsa, mas encontrou apenas três itens que podiam estar ligados à questão do veneno. Um frasco de solução reumidificante para lentes de contato, contendo um líquido claro. Será que ela usara o frasquinho para portar o antídoto? Havia ainda um tubo plástico com um rótulo de Tylenol 750mg. Ele o abriu. Estava cheio de comprimidos brancos redondos. Sacudiu o tubo e tirou um comprimido – continham a marcação OP 706. Sabe Deus o que isso quer dizer. Talvez fossem eles. Por fim, havia uma cartela metálica contendo comprimidos de Imodium. Ou, pelo menos, era o que parecia. Podia ser qualquer coisa.

Seria o antídoto um desses três? Será que ela estava mesmo com o antídoto ali? Bem, a polícia conseguiria fazê-la abrir o bico.

Jack pegou as algemas e se arrastou até Kelly. Ela era o tipo de mulher que dormia com os braços sobre a cabeça, o que era perfeito. Ele colocou uma das algemas em seu punho e gentilmente a fechou.

Kelly abriu os olhos. Respirou fundo. Então gritou:

– Não!

Jack prendeu a outra algema na cabeceira da cama. Fecha, fecha! Ah, por favor, fecha, droga! Kelly libertou a mão. A algema fez um barulho metálico. Então, ela golpeou o nariz de Jack com a testa. Ele ficou com o rosto dormente. Fechou os olhos defensivamente. Era como se alguém o tivesse mergulhado em água clorada antes que ele tivesse a chance de tampar a respiração. Um líquido ardido descia pelo seu nariz e pela garganta.

Então, ele sentiu um golpe no peito e caiu de costas sobre o carpete.

Em questão de segundos, Kelly montou sobre ele. Com as coxas, ela pressionou sua caixa torácica, causando-lhe uma dor tremenda.

– Não quero machucar você, Jack.

Ele tossiu; o ardor em seu nariz aumentou.

– Mas você quase me matou. Tem que entender isso, Jack.

Ela apertou-lhe o peito novamente e Jack sentiu o metal frio em seu punho. Então um clique.

– Pensei que você *acreditasse em mim*.

1:50

Restaurante Little Pete's, rua 17

O restaurante 24 horas chamava-se Little Pete's. Fazia jus ao nome. Era um espaço retangular bem pequeno, situado no primeiro andar de um edifício-garagem de sete pavimentos. Havia apenas espaço para uma fileira de seis mesas, um balcão, um cantinho para o caixa e uma cozinha de aço inox no fundo. Parecia uma lanchonete de brinquedo. Mas era a única coisa aberta àquela hora naquelas bandas da cidade. E foi para lá que a chefe o mandara ir.

A boa notícia era que a noite estava quase no fim para ele. É claro que enfrentara alguns percalços, mas quatro horas de trabalho não foram tão horríveis. Conseguiria dormir um pouco e voltar à sua missão pessoal na noite seguinte.

Kowalski ligara para a chefe assim que se afastara da cena dos últimos crimes. Um cara queimado sem cabeça (não era culpa sua!) em uma casa queimada, uma mulher morta em um riacho raso, um otário estrangulado em sua própria sala de visitas. Ele pegara o Audi do otário – um carro transado demais para um jovem professor universitário. Talvez o cara – Robert Lankford, de acordo com o RG – fizesse uns trabalhinhos extras. Passava as noites em claro, na esperança de que algum ladrão armado passasse em seu quintal. Pegava uma parte do roubo, comprava carros irados para impressionar estudantes de direito malvestidos.

Sua chefe tinha uma notícia boa para dar, o que era raro:
– Não precisa viajar. Estamos mandando alguém para pegar a sacola.

Ela dera o endereço de uma lanchonete a dois quarteirões da Rittenhouse Square.

E ali estava ele, com a cabeça de Ed entre os pés, no chão, um prato de bacon, uma tigela de queijo cottage, outra de frutas e uma xícara de chocolate com leite desnatado à sua frente na mesa. Geralmente, ele esperava até o fim de uma missão, mas toda aquela matança, todo aquele corre-corre e aquele planejamento o deixaram com uma fome infernal. Uma mistura proteica quebraria um galho.

Ele queria falar com a chefe.
Talvez pudesse dizer: "Precisamos levar um papo."
Ou: "Preciso lhe explicar algumas coisas."

Ou até mesmo o clássico: "Não é nada disso que você está pensando."

Mas como não?

Coloque-se no lugar dela.

Uma agente supersecreta que trabalha para o governo. O namorado – o agente de campo mais conceituado de sua equipe – desaparece em uma operação de longa duração e reaparece com uma noiva grávida. O que devo pensar disso?

Não importa que a noiva esteja morta. Não muda nada. Não para você.

Não para ela.

Kowalski mal conseguia pensar no nome da chefe. Seu nome adorável.

Trabalharam juntos por anos, anônimos um para o outro, só alimentando cada vez mais a paixão. Certa vez, o carro deu problema e os dois ficaram ilhados em Warsaw, sob uma tempestade violenta; foi quando ela revelou o nome. Kowalski teve a impressão de que ela houvesse se despido para ele. Era a informação mais íntima a seu respeito.

E agora, ao relembrar-se do fato, ele concluía que aquilo foi uma loucura sem tamanho.

Com a faca de manteiga, Kowalski cortou uma tira de bacon ao meio. Para sua surpresa, o bacon era de qualidade, com poucos glóbulos de gordura e não tão queimado.

Aceita um pedacinho, Ed?

Ele poderia pôr a sacola na mesa, abri-la, desconjuntar a mandíbula de Ed e dar-lhe um pedaço. Era o mínimo que podia fazer, depois de tudo pelo que passara. Kowalski concluiu que havia sido muito duro. Qual teria sido o crime de Ed? Azarar uma loura gostosa em um voo para Filadélfia?

Por sua vez, Kowalski passara o verão empilhando um bando de cadáveres de mafiosos – um verdadeiro holocausto italiano.

E quem estava desfrutando do bacon era *ele*.

O pior era que ele já perdera a conta dos antigos parceiros que abatera desde que identificou o corpo de Katie no IML. Segundo a última nota publicada pelo jornal local, o número chegava a 13. Especulava-se que se tratava de uma guerra entre mafiosos, um bando de carcamanos brigando pelo que restara do território ocupado pela máfia russa. Kowalski só lera aquela nota porque publicaram a dica anônima que ele dera por telefone: "Sim, tem alguém por aí metendo bala. O cara está furioso e tem uma excelente mira. Chamam-no de sr. K."

O repórter publicou a nota textualmente. Não checaram porcaria nenhuma. Era incrível. A mídia publicava qualquer coisa.

Mas Ed, meu irmão, eu fiz isso por um motivo. Queria que eles soubessem por que estavam morrendo. Que eu estava no encalço deles. Todos eles.

Você entende, né, Ed?

1:55

Sheraton, quarto 702

Ela comprimiu uma ponta do cobertor contra o nariz de Jack.
— Fique com a cabeça para trás, que o sangramento passa.
— Tá sangrando? Que merda, você me fez sangrar!
— Shhhh, seu bebezão. Vai passar. Não quebrei nada. Do contrário, você saberia.
— Merda.

Ouviram-se três batidas fortes na porta.
— Ai, que merda — disse Kelly.
Uma voz abafada, do outro lado, disse:
— Oi, me desculpa pelo incômodo. Estou hospedado em um quarto aqui na frente e achei ter ouvido alguma coisa. Está tudo bem por aí?

— Estamos ótimos!
— Socorro! Alguém me ajude!
Kelly apertou mais forte, e a agonia nas costas de Jack o deixou sem ar. Com a mão livre – a que não estava algemada –, ela cobriu-lhe a boca, comprimindo-a com toda a força. Lançou sobre ele um olhar de metralhadora.
— Meu marido está brincando! Partimos para uma coisa mais selvagem hoje, você entende, não é mesmo?
— A senhora está bem? Olha só, por que não abre a porta para eu ter certeza?
— Fico agradecida pela preocupação, mas posso garantir que estamos muito bem, obrigada. Volte para cama.
— Abra rapidinho. Deixe-me vê-la.
— Meu senhor, com todo o respeito, pagamos muito caro pela privacidade neste hotel. Não foi, querido?

Jack parou para pensar. Sim, ele pagara muito caro por esse quarto. Denovan Platt oferecera. Queria inclusive pagar a passagem de avião também. Mas Jack recusara. Já que ia ser castrado, ele ia pagar como bem quisesse.

Kelly soltou a boca de Jack e esticou o braço para agarrar-lhe os testículos. Imediatamente apertou-lhe as bolas.
— Diga para ele.

Jack fez que sim com a cabeça.

Então se jogou para um lado. As pernas de Kelly largaram sua caixa torácica. Mas a loura continuou apertando-lhe o saco. Apesar das algemas, as bolas de Jack eram como a pedra salva-vidas de Kelly; se as soltasse, ela cairia no abismo. Apertou um pouco mais. Jack tentou se curvar em uma posição fetal de defesa, mas a dor era intensa demais. Ele não conseguia se mexer. Tampouco falar. Era como se os dois estivessem se divertindo com uma versão sadomasoquista daquele jogo Twister.

— Por favor, minha senhora, dá pra abrir a porta só por um minuto? Eu me sentiria muito melhor e, então, conseguiríamos todos voltar a dormir.

— Meu senhor, não me leve a mal...

Kelly finalmente soltou as bolas de Jack. Novamente, ele tentou se curvar, mas a loura trepou em seu peito mais uma vez e lhe apontou o indicador, movendo-o para frente e para trás, como se o acusasse.

— ... mas por que não deixa os dois adultos aqui em paz e vai se foder?

Jack percebeu que não conseguia respirar, tanto pela agonia em seus testículos quanto pela pressão no peito. Então, naquele instante, decidiu mandar para o inferno uma das regras de cavalheirismo que internalizara desde pequeno.

Deu-lhe um soco no estômago com toda a força possível.

O golpe foi tão forte que ela se ergueu por um instante e caiu para trás, longe dele. Caso não estivessem algemados um ao outro, ela teria parado no meio do quarto. Só que os elos das algemas se apertaram, e Kelly caiu no chão.

Jack se virou e usou a mão livre para se agarrar ao carpete, arrastando-se para frente, levando consigo sua captora, em direção à porta. Ele a ouvia ofegar, mas que se dane: problema dela. O que ocorrera ali nos últimos instantes o convencera de uma coisa: ela era uma louca varrida. Todas aquelas histórias malucas, o sequestro, as ameaças, o apertão em suas bolas... quem mais, senão uma louca, faz essas coisas?

— Como quiser. Vou voltar para meu quarto e chamar os seguranças. Vocês que se expliquem para eles.

— Jesus de Nazaré! Até que enfim!

Para Kelly, entretanto, a briga não se encerrara. Recuperou-se do soco o bastante para esmurrar as costas de Jack. Só que ele a ouviu se aproximar e rolou no mesmo instante em que ela o atingiu. Mais uma voltinha e Jack estava em cima dela.

Em cima de uma loura gostosa, a quem ele estava algemado, em um quarto bacana de hotel, numa cidade estranha. Nossa, imagine a esposa vendo essa cena!

E, já que estava ali, por que não completar a cena? E provar para essa mulher que ela era, de fato, oficialmente louca de pedra.

— Oi!

Ela ofegava; o lábio inferior tremia. Com a mão livre, Jack segurou-lhe o pescoço por trás, trouxe-a para mais perto e pressionou os lábios contra os dela. Enfiou a língua em sua boca, à força, do jeito com que ela fizera com o sujeito de meia-idade lá no aeroporto.

Ela provavelmente achou que ele se esquecera da cena.

Mary Kates é o cacete!

Se ela realmente pudesse contaminar os outros com esse troço, aquele beijo teria matado aquele cara.

Ela lutou, mas ele apertou-lhe o pescoço e só parou quando ela mordeu-lhe a língua.

Jack gritou, interrompeu o abraço e rolou para o chão. Escolheu o lado errado. O braço algemado da loura repuxou sobre ele.

No chão, os dois pareciam mímicos que tinham acabado de transar violentamente e estavam abraçando um travesseiro invisível.

— Jack, você não sabe o que fez. Não sabe mesmo.

A loura tinha vinte e um anos; era uma polaca de Chicago, boa demais para estar metida em algo desse tipo.

— NEWTON THORNBURG

1:56

Little Pete's

O celular de Kowalski tocou. Alguém ditou um número, que ele anotou em um guardanapo do Little Pete's. Adicionou seu número pessoal, usou o cartão telefônico pré-pago, foi a um telefone público e ligou para a chefe, que falou bem rápida e furiosamente. As coisas estavam em ebulição.

Lá se foi a possibilidade de bater um papo.

Mas, voltando ao que interessa: com base na prova preliminar encontrada na cabeça do professor Manchette – a CI-6 achou melhor que alguém mais próximo despachasse a remoção, explicou a chefe; até parece que Kowalski estava dando a mínima para aquela droga –, era prioridade número um localizar Kelly White e tomá-la sob custódia.

– Positivo operante.

Ele planejara tudo com antecedência. Tinha o número da placa do táxi que ela pegara no aeroporto internacional; conhecia a cooperativa de táxi. Bastava um rápido telefonema, usando o nome da "Segurança Nacional", e ele ficaria sabendo o destino do casal. Isso não era problema. O que preocupava Kowalski era a sacola entre seus pés.

– "Peraí"... e quanto à... hum... à outra cabeça?

– Por enquanto, guarde-a em algum lugar seguro.

Teve vontade de perguntar à chefe: Onde, por exemplo? Devo perguntar a Little Pete se posso deixá-la no freezer por um tempinho? Bem ao lado dos bifes de hambúrguer e das vitelas de porco? Kowalski sabia que era melhor carregá-la consigo. Assustara-se com a experiência na casinha de árvore em Somerton. Pelo visto, tinha muita gente de olho na sacola. O único risco era de um policial pará-lo pedindo para revistar a danada. Mas, se isso ocorresse e Kowalski não conseguisse incapacitar o guarda, ele sabia que contava com uma rede segura na área. Podia até cumprir uma pena, mas não ficaria preso para sempre. Nesse jogo, o Departamento de Segurança Nacional tinha um número infinito de cartas do tipo "Saia da Cadeia".

– Cadê o cara? O que está incumbido de pegar a cabeça?

– Não está disponível.

– Cientistas loucos geralmente ocupados às duas da manhã?

Uma pausa.

– Um pouco de discrição não lhe faria mal algum.

– Ah, eu sou discreto. Como não poderia ser? Não sei de nada. Só sei que sou o cara preso aqui, segurando a sacola. Isso é tanto literal quanto metafórico.

Outra pausa.

– É só?

– Creio que sim. A menos que você queira me desejar boa sorte.

– Até mais.

– Até... – ele respondeu e então, com os lábios, fez um movimento pronunciando silenciosamente o nome dela. Sentiu-se um tarado ao fazê-lo.

1:57

Setor de segurança, Hotel Sheraton

Quando o telefone tocou, Charlie Vincent deu um pulo. Havia cochilado com um livro no colo. Era uma amostra de bolso de um mangá japonês que ele ganhara do filho, publicado por uma editora chamada Tokyopop. Havia algumas semanas que Charlie vinha dando-lhe uma grana para comprar essas coisas e, durante as visitas de fim de semana, ele passava os olhos nas ilustrações. Parecia pornografia asiática que ele vira na Skinternet, mas o filho lhe garantiu que eram apenas histórias – mistério, ficção científica, romance, comédia, fantasia, ação. Deu uma amostra para que o pai conferisse; Charlie ficou muito confuso até que o filho lhe disse que era para ler de trás para frente. Como se aquilo fizesse algum sentido. Só faltava o filho contar para a mãe que o pai não sabia disso; a mulher daria uma boa gargalhada.

Charlie pôs o livro na mesa e atendeu ao telefone. Era da recepção.

– Recebemos um chamado sobre uma briga conjugal no setecentos e dois. Pode dar uma checada?

– Santo Deus. Qual é o nome?

– Jack Eisley. Igual aos irmãos Eisley, acho eu.

Charlie deu uma parada, então decidiu que tinha de perguntar.

– O cara é negro?

– Faz alguma diferença? – perguntou a recepcionista negra.

– Ah, para com isso, você me entendeu.

– Estou procurando... Aqui está a carteira de motorista dele. Não. É um cara branco de Illinois.

– Tudo bem, já vou lá.

– Você precisa saber de uma coisa.

– O que é?

– Acho que se trata de um homem espancado pela mulher. O cara de baixo disse que, pelos sons, era o homem que estava levando uma coça.

Que estranho, ele pensou.

– Tudo bem. Vou pegar leve.

Charlie desligou e se perguntou se o mundo estava todo mudado. Quadrinhos que se liam de trás para frente, mulheres dando surras em marmanjos. Só faltava o quê? Gentileza partindo de sua ex-esposa?

1:58

Lá estavam os dois, deitados sobre o carpete, de barriga para cima, ligados pelas algemas *by* Prazeres da Carne. A língua de Jack latejava; Kelly chorava baixinho. Mais uma vez, Jack encontrava-se na posição estranha de sentir-se culpado por tratar mal sua captora. Tudo bem que ela tivesse enfiado a cabeça em sua cara, rachado-lhe uma costela, apertado-lhe o peito e mordido-lhe a língua, quase partindo-a ao meio; deixa para lá. Ele estava muito mal por tê-la beijado. Como se tivesse tentado estuprá-la.

– Não sei por que está chorando.

– Você não acreditou em mim. Mentiu, escutando meu relato como se acreditasse em mim. Mas, se tivesse acreditado, não teria feito isso.

Jack sentou-se e olhou para ela. Kelly levantou a mão livre e a repousou sobre o peito dele, quase como se esperasse outro beijo.

– Não se preocupe, não vou tentar novamente. Não precisa solicitar medida cautelar.

Ela o encarou, mas como se ele não estivesse ali. Seus olhos estavam mareados, e seu rosto, abatido pelo cansaço. Os lábios tremiam levemente.

– Espere aí. Você está com medo de eu tê-la envenenado com meu beijo. É isso, né?
– Você ainda não acredita em mim. Você era minha última esperança. Não posso mais viver fugindo. Estou tão cansada de correr, conversar, tramar... todo segundo de cada minuto do dia...
– O sotaque irlandês de Kelly estava voltando. – Não sabe o que fiz com você?
– Do que está falando?
– As Mary Kates estão dentro de você! Neste momento! Multiplicando-se! Matei todos os outros caras para provar o que digo. Mas era para você me inocentar; era você quem iria explicar tudo.
– Ela tocou-lhe a face. – Agora morreremos os dois.
Mas Jack não estava prestando atenção.
– Que *outros* caras você matou?

2:03

De volta ao Sheraton

Inacreditável! Podem ligar para os jornais, alertar as redes de TV e as estações de rádio: O velho Kowalski deu sorte. A cooperativa Old City Cab informou que o casal ficara no Sheraton em Rittenhouse, literalmente logo ali, no quarteirão seguinte no Locust. Bom demais para ser verdade. Ou então a Filadélfia era uma cidade absurdamente pequena. Enquanto caminhava, ele teve uma ideia. Ligou para a chefe.
– Estou prestes a me impressionar ao extremo.
– Ainda não. Poderia fazer uma referência cruzada dos passageiros de todos os voos para a Filadélfia esta noite e os ocupantes do Sheraton?
– Aguarde um minuto.

– Então elimine todos, menos os homens brancos viajando sozinhos e que tenham dado entrada depois...

– Já estou à sua frente, meu caro. Espere.

Kowalski subiu a Locust. Um quarteirão elegante que dava direto na própria Rittenhouse Square. Um lado da rua era ocupado pelo Sheraton, mas o outro lado ainda mantinha parte de seu charme do século XIX. Ih, olha lá! O Curtis Institute of Music. Se ele não estivesse enganado, fora ali que filmaram *Trocando as bolas* com Eddie Murphy e Dan Aykroyd. Tinha sido uma das comédias preferidas de Kowalski na adolescência. Hoje, ele explicaria que ficara fascinado com o filme devido à inteligente análise da guerra de classes e da mutabilidade de identidade. Mas, na época, ele gostara mesmo porque via os peitinhos de Jamie Lee Curtis.

A chefe voltou.

– John Joseph Eisley, vulgo "Jack". Está no quarto sete zero dois.

Deus, como é que nós nos virávamos antes dos ataques terroristas? Salve o Patriot Act! Quando teclou o "end", Kowalski já estava passando pelas portas em direção à recepção.

– Fala, meu irmão! Aí, quebra um galho e segura essa bolsa pra mim. Vim pegar um cara lá em cima que precisa estar na rádio em Bala Cynwyd daqui a... minha nossa! Daqui a mais ou menos uma hora. Acho que vou precisar das duas mãos para arrastá-lo da cama.

O recepcionista fez que sim com a cabeça sem estabelecer muito contato visual. Pôs a sacola atrás do balcão.

– Volto em cinco minutos. Acompanhado de um especialista imobiliário morrendo de sono. Cara, que gente esquisita que eles convidam para o programa. Também, quem está acordado ouvindo o rádio a esta hora?

Quando Kowalski se aproximou do elevador, as portas estavam se fechando, e então ele enfiou a mão entre as duas. Entretanto,

o sujeito que estava lá dentro já havia apertado um botão; as portas se abriram.
– Muitíssimo obrigado.
– De nada.

Era um guarda de segurança do hotel trazendo no peito uma plaquinha preta retangular com o nome VINCENT em letras brancas.
– Qual o andar?

2:05

Sheraton, quarto 702

Kelly voltou a chorar e tudo o que Jack pôde fazer foi abraçá-la e pedir a Deus para que ela não agradecesse pelo gesto com outro soco na costela. Ela repousou a cabeça sobre o peito dele. Jack esfregou-lhe as costas com a mão livre ao mesmo tempo em que tentava mudar um pouco a posição. Começou a sentir o braço esquerdo formigar.
– Matei muitos homens.

Jack ficou sem saber o que dizer. Ah, para com isso, vai! O que são "muitos"? Não era possível que aquela história fosse tão ruim assim, não é?
– Quer dizer que eu não sou o primeiro que você envenena com toxina luminosa.
– Não, Jack. Não é disso que estou falando. Você continua duvidando de mim.
– Então, de que diabos você está falando?

A loura agarrou-lhe os antebraços e os apertou.
– Escuta! Estou infectada com um mecanismo experimental de localização. Se eu ficar sozinha por mais de dez segundos, morro.

Nada disso foi acidental. Meu chefe fez isso comigo de propósito. Meu chefe. *O Operador*. Não houve nenhuma invasão no laboratório. O que houve foi sabotagem. *Ele* fez isso comigo.

– Pensei que você tivesse dito que...

– Nos últimos 13 dias – ela continuou, ignorando-o –, já rodei o mundo inteiro, primeiro estava na Irlanda, agora estou aqui. Beijando estranhos, às vezes até transando com eles. Qualquer coisa que garanta que eu esteja acompanhada. Só que, ao mesmo tempo, estou enviando uma mensagem ao Operador. Quero que ele saiba que ainda estou viva e que farei o possível e o impossível para destruí-lo, nem que eu tenha de matar vários. Porque alguém vai acabar me dando ouvidos. Alguém me ajudará. Alguém importante. Alguém que conheça o Operador e que saberá como aniquilá-lo. Achei que você fosse me ajudar. Mas não vai dar. Seu destino agora é o mesmo dos outros que empacotaram, tudo por causa desse beijo. Ou melhor, tudo porque você duvidou e me beijou. Acredita em mim agora, Jack?

Mais tarde, Jack se recordaria desse momento e perceberia que fora ali que seu pesadelo começara de fato. Não no momento em que ele fora infectado.

O momento em que começou a *acreditar*.

2:08

Sheraton, sétimo andar

Kowalski não gostou muito quando se deu conta de que o sr. Vincent, o chefe da segurança, direcionava-se ao sétimo andar também. Mais um problema. Não era nada improvável que o cara se dirigisse à mesma parte do corredor e, meticuloso como era, Kowalski teria de incapacitá-lo. Será que isso não ia acabar nunca?

Essa infinita lista de vítimas? Era como se Deus tivesse olhado para baixo e dito: "Ok, entendi, Kowalski – você gosta de sair por aí abatendo gente. Bem, aí vão mais alguns infelizes para você cuidar. Espero que consiga dar conta!"

O elevador chegou ao sétimo andar. Sempre muito educado, Kowalski esticou o braço para que o chefe de segurança saísse primeiro, mas o sr. Vincent não podia aceitar tamanho cavalheirismo.

– Não, por favor, senhor.

Ótimo. Kowalski saiu e deu uma olhada na planta orientadora do andar afixada na parede. O quarto que queria ficava à esquerda.

O sr. Vincent perguntou:

– Posso ajudá-lo?

– Só estou me localizando, obrigado.

Ele esperava que o segurança o deixasse em paz e fosse cuidar de seus afazeres, sabe lá o quê. Talvez ele tivesse subido para recarregar a máquina de refrigerantes com mais coca diet. Talvez as balinhas de caramelo da máquina de lanches tivessem acabado.

– Qual o número do quarto que o senhor está procurando?

Que pentelho dos infernos.

– Fica logo ali. Cara, eu deveria ter parado no terceiro martíni de maçã, sabe? Mas que drinquezinho danado de gostoso! Amanhã de manhã vou levar um sacode do chefe. Ele está ali no quarto agora mesmo, dormindo feito um anjo. Eu não.

O sr. Vincent soltou um risinho e fez que sim com a cabeça, mas não se mexeu.

– Talvez o senhor consiga tirar uma soneca antes de o dia clarear.

– Ih, rapaz, não vai adiantar muita coisa. Preciso de um copão de água e uma porrada de aspirina.

Outro risinho educado.

– Eu vou atrás, senhor. Aqui no Sheraton o cliente sempre está à frente.

Kowalski não teve escolha e rumou em direção ao 702. Fingiu-se de tonto para legitimar a historinha do martíni, mas teve a sensação de que aquilo era desnecessário. O jeito seria incapacitar o cara mesmo. O negócio era tirar o palhaço de cena por pelo menos dez minutos. Fez uma imagem mental do sr. Vincent. Alto e atarracado, com cabelo bem curto, sinalizando "ex-militar". Beirando os quarenta. Possivelmente um veterano da Guerra do Golfo. Sorriso tranquilo, mas olhos frios. Provavelmente muito mais esperto do que aparentava. Um simples tapa e um soco no rim não iam dar conta desse cara. Os quartos iam passando de ambos os lados do corredor: 708, 707,706.

Kowalski atirou o cotovelo para trás. Acertou o sr. Vincent no nariz. Continuou com um soco na têmpora que, se tivesse acertado corretamente, teria deixado o sr. Vincent cego por uns segundos. Então, Kowalski partiu para o saco, que fez com que o chefe se dobrasse ao meio e caísse de joelhos bem em frente ao quarto 705. Agora era hora de uma pequena asfixia criativa. Era uma manobra que aprendera na Bósnia para quando não houvesse tempo (ou necessidade) de enfiar o bute na cara de um homem e abrir-lhe a garganta. Um pequeno estrangulamento que deixava o cara sem ar por tempo suficiente para escapar sem matá-lo.

E matar esse cara era a última coisa que queria. Ele já tinha feito muita coisa fora do previsto para aquela missão. Ainda estava atormentado pelo rosto doce, chocado e estrangulado de Claudia Hunter. Aquilo era tão absurdo. Era preciso estabelecer um limite.

O sr. Vincent, entretanto, ainda tinha um resto de energia. Desferiu um soco que pegou Kowalski desprevenido, bem na boca do estômago. Ele grunhiu. Cambaleou para trás e chocou-se contra a parede. Sentiu uma fraqueza nos joelhos. Que soco bem dado! Totalmente inesperado. Extraordinário. O seguinte pegou bem no joelho. Só podia ser coisa de militar. O sr. Vincent tentava detonar-lhe a rótula pelo lado, onde havia pouca proteção natural.

Quase conseguiu. Enquanto cambaleava, Kowalski acertou-lhe o pescoço com um murro que deveria deixá-lo sem ar por alguns segundos. Ele ouviu o cara ofegar. Kowalski caiu, mas logo se reergueu, com a intenção de chutar a cabeça do desgraçado. Mas o sr. Vincent já tinha partido para cima, empurrando-o para frente. Quarto 704, 703...

2:10
Sheraton, quarto 702

A porta se abriu com um estrondo. Dois homens, um de blazer azul-marinho, o outro de terno preto caro, entraram tropeçando. O sujeito de terno caiu de cara no chão, enquanto o fortão de blazer sentou-se sobre suas costas, como se cavalgasse.

Jack tentou se levantar, mas as algemas o puxaram de volta ao carpete. Olhou para Kelly, mas a loura também estava de boca aberta. Quem eram esses caras? Teriam entrado ali acidentalmente? Ou teria o segurança do hotel vindo checá-los de maneira muito estranha? O fortão de blazer parecia estar ganhando a briga, fosse lá qual o motivo. Socava a nuca do outro cara como se amaciasse um bife.

Mas o cara de terno caro tinha uma carta na manga. Deu um soco para trás, pegando a costela do sr. Blazer. Sr. Blazer fez um O perfeito com a boca, que virou um bico apertado quando o cara no chão mandou um chute violento que atingiu-lhe a nuca. Sr. Blazer agitou os olhos.

Jack não sabia para quem torcer. Sr. Blazer parecia a opção segura. Só que ele admirava a atitude do cara no chão. Que chute espetacular foi esse, gente? Meio John Woo, meio que um passo de *break*.

Em questão de segundos, o jogo tinha virado. Sr. Terno Caro imobilizara sr. Blazer numa chave de braço que parecia dolorosa – não exatamente uma chave de braço que se vê em shows de luta livre na TV em um sábado de manhã. Sr. Terno Caro fechou a porta com um chute de calcanhar e, pela primeira vez, olhou para Jack e Kelly.

– Boa-noite, pessoal.

Apesar dos olhos cerrados, sr. Blazer estava acordado e lutando loucamente, como se soubesse o que estava lhe acontecendo. A consciência sendo roubada a cada célula que ficava sem oxigênio, uma a uma. Seus quadris tremeram.

– Espero não ter interrompido nada importante.

Kelly se levantou e Jack teve a presença de espírito para se levantar ao seu lado.

– Pelo visto, vocês estão ocupados – disse sr. Terno Caro, fitando as algemas. – Bem, não vou tomar muito do seu tempo. Só peço que me respondam a uma pergunta. Quem das duas piranhas aí é Kelly White?

Então ela era o motivo do reboliço.

– Quem é você?

– Faz diferença, Kelly?

– Está aqui a mando de quem?

Jack disse:

– Solta o cara!

– Ah, não se preocupe com o sr. Vincent. Mas obrigado pela gentileza. Estou deixando-o sem ar por tempo suficiente para inibi-lo. Nada de mais, coisinha à toa. Ele ficará bem.

As palavras não serviram lá de muita coisa para o sr. Vincent, que deu um pinote e agarrou bem forte os antebraços do captor, com as unhas e tudo.

Jack teve vontade de fazer algo para ajudar o infeliz, mas Kelly estava dois passos a sua frente. Ela gritou e mandou um soco no rosto do sr. Terno Caro. Jack sentiu-se puxado pelas algemas. Ai, droga!

Sr. Terno Caro interceptou o soco, mas não o chute que, infelizmente, atingiu a perna do sr. Vincent. Nenhuma reação. Kelly mandou outro soco. Acertou em cheio. Sr. Terno Caro soltou o sr. Vincent no chão e então retribuiu o soco com uma bofetada bem espalmada ao lado da cabeça de Kelly. A loura ficou tonta. As algemas deram um solavanco em Jack. Sr. Terno Caro deu outra bofetada e Jack a ouviu grunhir: "*Não!*" Qualquer que fosse a partida ali, esse cara estava jogando para o time errado. Que se dane. Jack mandou um chute mirando-lhe os testículos. Ao mesmo tempo, Kelly cerrou o punho feito um martelo e mandou ver no olho esquerdo do sr. Terno Caro.

Sr. Terno Caro era mais esperto que os dois. Virou-se para evitar o chute no saco. Abaixou-se para que a martelada de Kelly simplesmente quicasse do topo de sua cabeça.

Então, enfiou a mão entre a corrente das algemas, cortando-se devido à violência do golpe certeiro. A corrente foi parar no carpete. Jack e Kelly caíram logo em seguida.

Deu mais uma bofetada em Kelly, como se para acordá-la, então agarrou-lhe a garganta. Apertou. Em seguida, deu uma chave de braço em Jack, em cujo ouvido sussurrou:

– Sonhe com os anjos.

2:25

Deus, ninguém merece, pensou Kowalski. Estou num hotel com dois caras inconscientes no chão. Uma porta quebrada. Uma loura semiconsciente amordaçada e algemada a uma cadeira. Só falta agora acrescentar um tubo extragrande de KY, uma bateria automotiva e uns cabos de conexão para chamar isso de noite de sábado.

Mas de volta ao trabalho.

Os dois caras inconscientes. Primeiro: Charles Lee Vincent, chefe de segurança do hotel; maior carne de pescoço. Um adversário à altura. Muito mais até do que Kowalski podia imaginar. Cacete, ele ainda sentia o estômago tremer um pouco. Mas o sr. Vincent ficaria apagado por mais uns vinte e poucos minutos. E, quando acordasse, Kowalski seria uma lembrança amarga em sua vida.

Segundo: o misterioso John "Jack" Eisley. Mais uma vítima em potencial de Kelly, sem dúvida nenhuma. Estaria ele infectado? Sabe lá! Melhor assumir que sim até receber mais instruções da chefe. Kowalski pedia a Deus para que não fosse mais um servicinho de decapitação. A sacola de ginástica não ia crescer nem mais um centímetro, e, além do mais, ele duvidava de que Ed, coitado, curtiria dividir seu espaço pessoal com um estranho. Ainda mais com o idiota de camiseta preta e calça cáqui que fugira com sua lourinha gostosa.

Sobrava então a mulher, a peça mais importante. A própria lourinha gostosa. No aeroporto, ela parecera simplesmente mais uma loura oxigenada. Seios estonteantes, lindos olhos, pouco inteligente. Ele não sabia muito bem a atriz com que ela se parecia, mas era alguém que vira recentemente.

Só que, de perto, Kowalski viu a fúria em seus olhos. Olhos de predador. *Ah, com certeza ela já viu muita coisa nesta vida*, ele pensou. Seria grosseiro dizer que seus olhos eram esbugalhados; só estavam altamente focados. Era o jeito com que ela o olhava, apesar da visível exaustão que ela experimentava no momento.

Kowalski discou o número da chefe, sem tirar os olhos de Kelly por um segundo sequer. Ela estava presa à cadeira com as próprias algemas. As chaves estavam em sua bolsa.

– Prazeres da carne, né? – ele dissera antes, mas a loura limitou-se a fitá-lo atentamente.

A chefe atendeu.

– Tudo bem, agora pode ficar impressionada.

– Ela está viva?

– E furiosa.

– Isso não importa. Coloque-a num carro e dirija rumo a Washington D.C. Quando chegar a Silver Spring, ligue para eu lhe dar as direções.

– Estarei então bem próximo a você por volta das quatro e meia. Está a fim de tomar um café da manhã cedinho? Coisa simples, nada de frescura. Só um café e uns ovos. Opa, espere aí. Acabei de tomar café uma hora atrás. A gente pode de repente fazer uma refeição tipo almoço. Um hambúrguer com salada de batatas.

– Preste atenção, pois é importante o que vou dizer. Mantenha-se a três metros dela o tempo todo, mas não a deixe se aproximar muito. E tem mais: evite entrar em contato com qualquer fluido: seja com um beijo, inclusive com um arranhão. E é bem provável que ela tente.

– Ah, qual é, N... – ele começou, mas logo se policiou. Quase dissera seu nome. – Que porra é essa? Noite de iniciação na fraternidade?

– Siga minhas instruções.

– Que merda é essa? Somos nós dois aqui falando, está lembrada de nós?

– Não existe nenhum "nós" aqui. Existem, sim, você e seus empregadores. Siga minhas instruções.

– Suas instruções são uma droga.

Kowalski desligou e percebeu que tinha agido como criança. Ah, que se dane. Quem sabe, ele não conseguiria arrancar mais respostas da srta. White. A loura parecia cada vez mais desperta. Examinando-o com aqueles olhos lindos, verdinhos e esbugalhados.

– O que foi?

– É. É você. Eu não sabia quanto tempo levaria para dar as caras.
– Você sabia que eu viria pegá-la.
– Era minha esperança. Há uma semana. Estou surpresa de que ele tenha demorado tanto.
– Ele quem?

Kelly caçoou.

Eis o que Kowalski mais odiava em seu trabalho. Às vezes, ele se sentia o tal, o infiltrado dos infiltrados, o cara que controlava a parada. O assassino da história, sem necessidade de notas de rodapé. Outras vezes, sentia-se como um anônimo em uma baia com divisórias de feltro, grampeando papéis contendo informações em línguas estrangeiras. Ou podiam até ser recibos de sanduíches de peru.

Aquilo ali parecia um desses momentos "sanduíche de peru", com direito a palitinho e azeitona.

– Tudo bem, já vi que você não vai dizer. Dane-se.
– Há quanto tempo trabalha pra ele?
– Desde que parei de virar hambúrguer no Wendy's. Eu já não aguentava mais aquilo. Aquele bando de bolinhos quadrados de carne. Eles me deixavam bolado.

Kowalski caminhou para trás de Kelly, calculando a situação. Nada de mordidas, arranhões e tinha de evitar contato com fluidos. Seria moleza, se ela estivesse inconsciente.

– Você é igualzinho a ele. Todo cheio de graça. Isso faz parte do treinamento que os caras como você recebem? Um pouquinho de humor para diminuir a tensão antes de matar alguém?

Ele gostou dela. Era rápida.

– Olha só, o mais fácil seria apagar você. Eu a amarraria, sem envolver nenhum tipo de sacanagem, lhe enfiaria no banco traseiro embaixo de um cobertor e pé na tábua. Não é o que você quer que aconteça, certo?

– Gostei da parte em que você me amarraria. Achei divertido.

– Claro. Só que daí eu teria de dar um jeito para sair do hotel, arrastando seu corpo inconsciente e às... que horas são? Duas e meia da madruga? É um saco. Então, eis o que tenho em mente: saímos juntos, de mãos dadas. E então pegamos o carro.
– Que tipo de carro?
– Não sei. Depois de roubá-lo eu lhe digo.
– Legal.
– Entramos num carro e eu a levo aonde você tem de estar.
– E se eu resistir?
– Então, eu a amarro bem apertado.
– Ainda parece divertido.

Não tinha jeito. Kowalski teria mesmo de apagá-la, amarrá-la e jogá-la no banco de trás. Só que seria mais fácil saírem dali juntos, encontrar um carro e cuidar dos negócios fora do hotel. Era madrugada, mas logo, logo alguém lá embaixo chamaria o tal segurança. Era provável até que já o tivessem chamado. Kowalski retirara as pilhas do walkie-talkie do sr. Vincent e a bateria do celular preso ao cinto. Jogara-as no tanque da descarga lá no banheiro.

Kowalski olhou para as mãos de Kelly. Eram bem masculinas: punhos fortes, dedos levemente curtos. Mãos de classe proletária.

Estudou em particular o dedo médio da mão esquerda.

– Vamos levantar acampamento.

2:30

Quartel-general da CI-6 (localização confidencial)

A ligação foi feita de forma não rastreável, perdida em meio ao turbilhão de ligações feitas de norte a sul dos Estados Unidos a todo segundo. Nem mesmo o Departamento de Segurança teve acesso àquele chamado. Ela não era nenhuma idiota para ligar do escritório, um prediozinho anônimo de dois andares, com fachada em estuque e escadas de incêndio feitas de concreto. O prédio existia desde a década de 1950; as crianças da área cresciam sem ao menos se perguntar o que rolava ali dentro. Ela desceu a rua e entrou em um edifício residencial, onde dirigiu-se à lavanderia, no subsolo. Sabia que havia um telefone público lá. Usou um cartão pré-pago.

Nossa, se alguém da CI-6 soubesse o que ela andava fazendo nas últimas seis semanas...

– Nós a pegamos.
– Vou pegar um avião agora. Para onde vou?
– Washington D.C.
– Onde ela está agora?
– A caminho.
– Não está indo de avião... Não me diga que está num avião.
– Já disse: nós a pegamos. Estará aqui em questão de horas.
– Tá, tá!
– Depois de tudo, você vem com grosseria pra cima de mim? Sabe quanto...
– Sei quanto, minha querida.
– Será mesmo?

Silêncio.

– Onde você está?
– Perto o suficiente para chegar aí em poucas horas.
– Então, até mais tarde.
– Quando vir aquela piranha – disse o Operador –, diga-lhe que estou indo ao seu encontro.

2:45
Elevadores do Sheraton, lateral direita, lado norte

Kowalski e Kelly deram-se as mãos. Ele ainda não tirara a roupa com que passara o dia inteiro: terno e camisa social Dolce & Gabbana, sapatos Ferragamo; ela colocara uma calça jeans da Citizens of Humanity, um par de tênis Puma e uma regata branca. Aquilo não parecia um encontro amoroso. Estava com cara de pós-encontro amoroso. Como se tivessem se encontrado no Bar Noir, caminhado até o hotel para dar uma namoradinha e agora desciam de volta à rua, onde ele faria a gentileza de colocá-la em um táxi. O inchaço nos olhos de ambos era suficiente para legitimar a ideia.

As portas se fecharam. Kowalski apertou bem a mão de Kelly. Mais especificamente, apertou-lhe o dedo médio com toda a força.

Pegara sua mão ainda no quarto, mesmo antes de abrir as algemas, e avisara:

— Posso estalar seu dedo de forma tão horripilantemente dolorosa que você perderá os sentidos no ato. Acho que seria melhor não ter de carregá-la, embora fosse muito fácil explicar a cena. Minha namorada é louca por martíni de maçã!

Kowalski puxara-lhe o dedo para trás, exatamente como seu mentor ensinara nos primeiros dias de treinamento na CI-6. A manobra exigia duas ações simples, executadas simultaneamente.

— Está sentindo?

Ela se virou para ele e perguntou:

— Consegue fazer isso com um mamilo?

Kowalski aplicara mais pressão para mostrar que não estava de brincadeira. Ela gemera. Travara a mandíbula no ato. A mulher estava quase chorando. Entendera muito bem o recado. Mas, por dentro, ela sorrira. Estava *bem*.

O elevador começou a descer e então parou no andar seguinte.

No sexto.

Ótimo.

As portas se abriram e entrou um cara de short preto de corrida, meias de cano médio e camiseta com a estampa *Two-Way Split*. Ficou surpreso ao perceber que não estava só. Segurava um balde de gelo. Apertou o 5.

– A máquina do meu andar está quebrada.

– Está vendo só, querida? A Filadélfia não é uma cidade morta. Estão todos acordados se divertindo.

Kelly não disse nada. Lançou aquele olhar penetrante sobre o cara de short de corrida, como se passasse uma mensagem telepática.

O cara, provavelmente sem graça por trocar olhares com a mulher dos outros, interrompeu a transmissão.

As portas se fecharam.

– Preciso de gelo para minha coca diet. Eu trouxe as minhas de casa, mas estão quentes. Preciso resfriá-las para amanhã de manhã.

– Coca diet no café da manhã?

– Não posso com café. Muita cafeína. Me deixa tenso.

– Faça como eu. Misture com Bourbon.

Kowalski olhou para Kelly e deu uma leve apertada em sua mão.

– Certo, querida?

Ela ainda olhava para o cara da coca diet.

O elevador parou no quinto andar. As portas se abriram. Ele fez um ligeiro cumprimento com a cabeça para os dois e saiu com o balde de gelo na mão. O elevador continuou a descer. Kelly ergueu a cabeça e olhou para Kowalski.

– Não quero morrer.

– Eu não mencionei morte nenhuma. Se esse prato estivesse no cardápio, alguém já teria feito o pedido.

O elevador chegou ao térreo.
– Você não está entendendo.
As portas se abriram. Ela se inclinou para se aproximar dele.
– Não quero morrer, mas *se não houver outro jeito*...
Kowalski sentiu a mão de Kelly desvencilhar-se da sua. Ele a agarrou, mas a loura já tinha recuado e segurado-se com as duas mãos ao trilho que circundava o interior do elevador; foi então que ela desferiu-lhe um chute. O golpe roubou-lhe a respiração. O cara voou. Kowalski rodopiou em pleno ar, jogando as mãos para trás de modo a interromper a queda, o que quase conseguiu. A palma da mão esquerda foi parar direto no chão acarpetado, mas ele torceu feio o punho direito. Quando conseguiu se reerguer, sentindo a dor dilacerante no punho, as portas do elevador já se fechavam e Kelly dizia:
– Diga ao Operador que eu *venci*.

2:48 e 30 segundos
Sheraton, quarto 702

Jack Eisley se virou e, como fazia todas as manhãs, abraçou Teresa, para ver se ela já estava acordada. A mão, entretanto, caiu direto sobre o colchão. Engraçado – o colchão era duro feito pedra.

Ele abriu os olhos rapidamente. Vieram-lhe então alguns flashes de lembranças recentes: drinques, loura, corrida de táxi, quarto de hotel, Mary Kates, San Diego...

Seu destino agora é o mesmo dos outros que empacotaram, tudo por causa desse beijo. Ou melhor, tudo porque você duvidou e me beijou. Acredita em mim agora, Jack?

– Você está bem, irmão?

Jack rolou para o outro lado. Sentiu uma pressão no pescoço e na cabeça.

Cacete...

Era o segurança do hotel, de joelhos, próximo a Jack. O cara também estava despertando naquele instante. O crachá preto em seu uniforme trazia o nome VINCENT. Aquilo era nome ou sobrenome?

– Ouça, fique onde está. Vou buscar ajuda.

Jack fez que sim, mas, de repente, começou a escutar uns alarmes disparando em algum lugar. Seria no hotel? Não. Era mais como uma sensação de formigamento. Um tom bem alto, feito um exame audiométrico que as crianças fazem na escola. Tons, ficando cada vez mais altos, fones de ouvidos muito esquisitos, enfermeira da escola pedindo para levantar a mão quando... Essa não.

Espere aí.

... 35 segundos

Kelly White (nome falso ou, pelo menos, diferente do que seus pais lhe deram) sabia que ia morrer. Em apenas oito segundos, a pressão das veias em sua cabeça aumentaria, as Mary Kates correriam para o Norte, onde se expandiriam e destruiriam tudo que encontrassem no caminho, e então o jato de sangue...

Por fim, o fim.

Sabia que, mais cedo ou mais tarde, era o que aconteceria. Pelo menos, ela conseguira optar.

O elevador continuou sua descida.

Entretanto, à medida que os segundos passavam, seu cérebro ignorou a invasão de milhares de nanomáquinas, disparando uma série de sinapses.

Uma ideia.

... 36 segundos

Pela primeira vez na vida, Jack sentiu a cabeça gritar, mas agora ele conseguia... o sangue em suas veias. *Ardia.* E a pressão na cabeça aumentava a cada batimento cardíaco, e a gritaria em seu cérebro tornava-se cada vez mais alta.

Jack balançou a cabeça e esmurrou o carpete.

Escuta! Estou infectada com um mecanismo experimental de localização. Se eu ficar sozinha por mais de dez segundos, morro.

Cristo rei, ela não estava de brincadeira.

O bagulho é sério.

O bagulho é sério.

O bagulho é sério.

... 37 segundos

O cara do balde de gelo para resfriar a coca diet. Lá em cima no quinto andar.

Ela se jogou para frente com o dedo indicador esticado.

Caiu de joelhos.

Encontrou o botão para o quinto.

Gritou.

Esmurrou o chão do elevador que subia.

O botão cinco estava aceso; o mostrador digital sobre as portas indicava cada andar superior em sincronia com os segundos.

Ela gritou mais alto, como se aquilo fosse parar as Mary Kates.

Não parou.

... 38 segundos

Jack Eisley esmurrou furiosamente o carpete com a louca ideia de que conseguiria fazer um buraco no chão e cairia no andar de baixo, e, por conseguinte, dado o peso de seu corpo e o pedaço do chão, o piso do outro andar cederia também, num efeito cascata que só encontraria um fim no saguão, onde ele ficaria cercado de gente, e as Mary Kates perceberiam e dariam uma pausa à gritaria e à pressão na cabeça...
    Era sua única chance.
    Jack socou, socou e socou...

... 39 segundos

No quinto andar, as portas do elevador se abriram e Kelly White gritava; sabia que estava gritando, embora não mais conseguisse escutar nenhum som. Tudo que conseguiu foi cair para frente, colidindo com pele e plástico, e então viu o gelo cair e rolar por todo o carpete e ouviu:
    – Santo Deus!
    Ela então sorriu, pois se preocupara com a coca diet do cara e ali estava um homem para salvá-la, finalmente, mas era tarde demais e...
    E então o jogo acabou para Kelly White.
    Que não era sequer seu nome de batismo.

... 40 segundos

E, ao tentar dar mais um golpe contra o chão, Jack Eisley sentiu outra pele. A mão do segurança. O segurança chamado Vincent.

– Amigão, amigão! Que diabo é isso...
Jack se esticou e agarrou o antebraço de Vincent... Vincent, fosse lá nome ou sobrenome, não importava; o certo é que grudou-se ao homem como se nunca mais fosse soltá-lo.

... 41 segundos

B rian Burke deixou o balde de gelo para lá, tomou a mulher nas mãos, olhou para seu lindo rosto... lindo, exceto pelo sangue vertendo pelo nariz e pelos ouvidos.

... 42 segundos

Já que eu só tenho uma vida, deixe-me vivê-la como loura!

— **COMERCIAL DA CLAIROL**

2:50

Saguão do Sheraton

Pela última vez, Kowalski tranquilizou o recepcionista, dizendo que estava tudo bem.
— Foi só uma torção de nada. Fiquei meio tonto. Sabe como é.
Enquanto isso, ficou de olho no rumo do elevador, para ver onde pararia. Já fazia uma ideia do andar de destino. O idiota da coca diet com o balde de gelo.
Mantenha-se a três metros dela o tempo todo, mas não a deixe se aproximar muito.
As peças começavam a se encaixar: a noite toda ela fizera questão de passar acompanhada de alguém. Rebocou um cara no aeroporto, o abandonou por outro, que estava hospedado em um hotel. Ela precisava de alguém por perto.
Não quero morrer, mas se não houver outro jeito...
Se ficar sozinha, ela morre.
Não importa como. Depois a gente vê isso.
Ela o chutara para fora do elevador e, em uma iniciativa suicida, voltou para o andar superior.
Mas talvez não tenha sido nada suicida. Talvez tivesse ido atrás do cara da coca diet no quinto andar. Na esperança de que ainda estivesse lá. Ficaria na companhia de outro homem. Permaneceria viva por mais duas horas.

– Eu me sentiria muito melhor se o senhor fizesse a gentileza de se sentar aqui enquanto eu chamo alguém para dar uma olhada em seu punho. Mas aquilo não fazia sentido. Que espécie de doença, peste ou vírus – e tinha de ser uma dessas opções; do contrário, a CI-6 não o faria vaguear pela Filadélfia com uma cabeça humana em uma sacola de ginástica só de sacanagem – criada pelo governo agia apenas quando a vítima estava sozinha? Era por isso que a chefe não queria lhe contar nada. Esse tipo de coisa ia muito além do território de ex-amante rejeitado. Em que a CI-6 estava enfiada dessa vez?

Kowalski ignorou o recepcionista, aproximou-se e apertou o botão chamando o elevador para subir. Sabia que provavelmente encontraria um cadáver no quinto andar, se ela tivesse conseguido ir tão longe. O que, aliás, tudo bem, não era lá uma odisseia. Ele preferia que a loura lhe contasse mais. Mas, se necessário fosse, ele poderia separar sua linda cabecinha do resto do corpo, fazê-la reencontrar-se com Ed na sacola de ginástica e buscaria as respostas em outro lugar. Sua chefe e a CI-6 não eram os únicos nos Estados Unidos que tinham acesso a um laboratório.

– Senhor?

Kowalski virou-se, sorriu e acenou para o recepcionista com o punho machucado. Doeu pra cacete; definitivamente ele rompera algum ligamento ali dentro.

Mas, dadas as circunstâncias, não tinha como ele dar uma de bonzinho.

2:52

Sheraton, quarto 702

Jack mal conseguia acreditar na facilidade com que as mentiras escapavam-lhe a boca. Sabia que o sr. Charles Lee Vincent – era assim que o guarda se chamava; menos um mistério a desvendar – não acreditaria naquela história de Mary Kates, nanomáquinas, Irlanda e San Diego. O próprio Jack ainda teve dificuldades para acreditar e quase que seu cérebro explodiu no crânio.

Assim, ele precisava contar a sr. Charles Lee Vincent algo em que acreditasse. Algo que o mantivesse por perto.

– Preste atenção, sofro de uma terrível desordem de ansiedade. Alguns minutos atrás, você testemunhou um exemplo claro disso.

Ah, seu demônio mentiroso de uma figa. Continue. Mande ver, pois está indo bem.

– Meu terapeuta me disse que, se eu ficar sozinho por alguns segundos, posso ter um derrame.

Charles Lee Vincent franziu a testa.

– Ok, senhor. Estou ouvindo.

– Precisa acreditar. Não pode me deixar sozinho. Nem um segundo.

– Compreendo. Mas *você* precisa entender que tenho trabalho a cumprir. E isso inclui chamar a polícia, para que peguemos o cara que fez isso.

A polícia. Algumas horas atrás, Jack pularia de felicidade com a ideia. Teria agarrado-a com unhas e dentes. Agora, no entanto, imaginou toda a cena. Seria colocado em uma sala de interrogatório. Iriam lhe oferecer um café da delegacia. Ele diria: "Seu guarda, eu gostaria de relatar um assassinato." O policial perguntaria: "De quem?" E Jack responderia: "O meu." O detetive deixaria a sala, fecharia a porta. Jack contaria até dez e então seu cérebro explodiria feito um porquinho de louça, cheio de docinhos.

E, ainda que ele conseguisse manter os detetives na sala, o que lhes diria? Faltavam-lhe provas da existência de Kelly White. Aonde quer que ela tivesse ido ou a tivessem levado, a bolsa fora junto.

– Tudo bem, cara. Acreditamos em você. Já voltamos com um cafezinho – os policiais diriam.

A porta da sala de interrogatório se fecharia.

Ca-bum!

– Leve-me lá pra baixo! – Jack suplicou. – Deixe-me me sentar com o cara da recepção e, então, você pode fazer o que tiver de fazer.

Era sua única chance. E, de lá, ele procuraria algum lugar cheio de gente. Um bar lotado. Espere – já eram quase três da manhã. Os bares estavam fechados. Assim como os cafés, shoppings, agências dos correios e praças de alimentação... Só por Deus. Esta era a Filadélfia no meio da noite. Uma cidade cujos comerciantes dormiam com as galinhas e fechavam os estabelecimentos depois das seis da tarde.

– Tudo bem, então. Vamos nessa. Vamos descer. Aquele filho da mãe levou meu celular. Espere. Aguarde um segundinho enquanto uso o telefone do quarto, ok?

Jack concordou, mas então se deu conta do que estava fazendo. O criado-mudo onde estava o telefone ficava do outro lado do quarto. Ai, que merda. Seriam mais de três metros de distância?

2:53

N os últimos 60 minutos, nada fizera o menor sentido no mundo de Charles Lee Vincent. Foi um tal de Tokyopop sabe-se lá das quantas, quadrinhos que se liam de trás para frente, valentões que curtiam estrangular os outros e agora essa figura... acompanhando-o de um lado ao outro do quarto, sentando-se ao seu lado. Uma terrível desordem de ansiedade? Sei. Ansiedade gerada pela possibilidade de a esposa descobrir que ele estava com uma loura gostosa no quarto. Agora é tarde, meu amigo. Se vira! Não era problema de Charlie. Esse cara deu azar de estar no quarto errado na hora errada. Só isso.

Charlie contou ao recepcionista o que sabia, fez uma rápida descrição, mandou que trancassem as portas do hotel até que ele descesse de volta. Chamaria a polícia e, se fosse preciso, iriam de quarto em quarto.

Até encontrar o cara que curtia asfixiar os outros. Charlie estava pedindo a Deus para que estivesse com seus ex-irmãos da força quando encontrassem esse cara. Eles os deixariam a sós com o filho da mãe numa sala por alguns minutos. O canalha então saberia o que era ficar sem oxigênio. Ele também perguntou os detalhes do ocupante deste quarto. Isso. Como ele imaginara. Casado. Casado e quase sentado em cima dele na cama. Qual é, malandro? Nunca ouviu falar em espaço pessoal, não?

– Hum... pronto para descer, sr. Eisley? Há muita gente lá embaixo para fazer-lhe companhia.

2:55
Elevadores do Sheraton, lateral direita ao sul

Jack bolou um plano enquanto descia de elevador. Mais ou menos. Quando chegasse ao saguão, encenaria a história da desordem de ansiedade e faria com que alguém se sentasse com ele. Então pensaria em um plano. Precisava de provas que confirmassem a história maluca de Kelly White. O fato de o segurança do hotel ter visto um troglodita de terno entrar e sequestrá-la não era suficiente. Precisava de provas.

Mais especificamente, precisava dos tais arquivos em San Diego. Tinha de entrar em um táxi, pegar um avião para San Diego, ir ao Westin Horton Plaza, pegar os arquivos, chamar a polícia, o FBI, a CIA, o Departamento de Segurança Nacional e qualquer outro que desse ouvidos.

Entretanto, Jack tinha apenas mais oito horas de vida.

O veneno.

A toxina luminosa.

Ele era provavelmente o único infeliz na Filadélfia com duas desgraças detonando sua corrente sanguínea, prontas para mandá-lo para a cova: Mary Kates e toxina luminosa. A menos que se levassem em conta as prostitutas aidéticas fumadoras de crack. Mas nem mesmo aquelas desgraçadas tinham as horas contadas.

Vamos lá, Jack, põe essa cabeça para funcionar.

Ainda que ele estivesse em um avião decolando naquele exato momento, era pouco provável que chegasse a San Diego por volta das oito. Se fosse a hora local, tudo bem, mas o veneno ali nas veias não estava nem aí para fusos horários. Depois que fizesse tudo o que tinha de fazer, Jack fecharia o paletó de madeira.

E, mesmo assim, teria de conseguir ficar na companhia de alguém durante toda a viagem.

E se desse vontade de ir ao banheiro?

Com todas essas preocupações na cabeça, ele mal percebeu as portas do elevador se abrirem. Charles Lee Vincent cruzou o saguão segurando-o pelo braço, a todo vapor, e disse ao recepcionista:

— Ele precisa que alguém lhe faça companhia o tempo inteiro.

E, então, o recepcionista começou a contar que a polícia estava a caminho.

— Minha Nossa, que noite! Há uma senhora desmaiada, sangrando pelo nariz lá no quinto andar.

Então Vincent respondeu, dizendo que voltaria lá para cima e começaria a caçar o filho da mãe.

– Tranque as portas da frente... Cacete, eu não mandei você trancar as portas?

– Não consegui trancar. Cadê a chave?

– Na minha sala, na gaveta de cima, dentro de uma caixa com um X preto marcado com Pilot. A chave-mestra está à esquerda. Está marcada "Mestra". Feche as portas giratórias e as duas laterais.

– Deixe comigo.

Jack percebeu o que estava acontecendo.

– Espere! Não me deixe aqui!

– Isso mesmo. Você tem de ficar com ele.

– Mas eu só vou à sua sala.

– Ele sofre de... – Charles Lee Vincent começou a explicar, então desistiu. – Quer saber? Deixe que eu tranco. Fique com ele, certo?

Enquanto Vincent foi se afastando, Jack se deu conta de que, ao trancarem a porta da frente, ele ficaria preso ali. E então a polícia chegaria e, mais cedo ou mais tarde, ele estaria confinado a uma sala de interrogatório. Não cairiam naquela história de ansiedade. Na verdade, os caras provavelmente se reuniriam do outro lado do espelho, comendo batata frita, esperando para vê-lo estourar feito pipoca.

E esse seria o fim de Jack.

2:56

Hotel Sheraton, quinto andar

O cara da coca diet repousara a cabeça de Kelly nos braços e estava cercado por outros hóspedes que deixaram os quartos para ver que gritos eram aqueles. Ele ergueu a cabeça e olhou para

Kowalski. Achou uma pena não ser um paramédico. Seu desapontamento logo se transformou em ódio ao reconhecê-lo.

– Cara, o que você *fez* com ela?

Kowalski se ajoelhou para examiná-la. Kelly ainda respirava, mas estava inconsciente. O sangue jorrara do nariz, ouvidos... e sim, dava para ver também um pouco logo abaixo dos olhos. O cara da coca diet tinha sangue nas mãos e nos lábios.

– Como se chama?

– Brian.

– Brian, você fez respiração boca a boca?

– Ela não estava respirando. Eu a salvei. E eu fiz uma pergunta: o que você *fez* com ela?

Kowalski suspirou.

– Me poupa.

Brian tentou empurrar Kowalski para trás, e teria sido impressionante, caso tivesse conseguido. Mas Kowalski agarrou-lhe o punho, cuidando para não tocar no sangue, e então torceu. A cabeça de Kelly pulou no colo do cara.

– Ai!

– Está vendo isso aqui? Minha namorada tem Aids. Está se tratando, mas sempre desmaia quando sofre uma queda de células T. Passe uma água neste sangue. Esfregue com toda a força. E lave a boca também. E não deixe de fazer um exame de sangue.

Brian ficou pálido. Era bom mesmo que ele se amedrontasse. O medo podia salvar-lhe a vida.

Na verdade, com aquela respiração boca a boca, era bem provável que ele já tivesse pegado sabe lá Deus o que a loura portava. Está aí no que dá ser cavalheiro nos dias de hoje.

Kelly estava com a cabeça cuidadosamente repousada no carpete do corredor. Brian se levantou, tentando não tocar em mais nada, sobretudo em si mesmo, então deu um passo para trás e, com o cotovelo, apertou o botão chamando o elevador para subir.

— Pode ir. Vá se lavar, cara. Eu assumo daqui.

Kowalski deu uma olhada no corredor.

— Pessoal, pode voltar para seus quartos. Ela ficará bem depois que receber uma intravenosa.

Ele tinha uma decisão a tomar: levá-la agora ou mais tarde? Não sabia ao certo se Kelly conseguiria sobreviver até Washington, como planejado, sem cuidados médicos. Ela respirava com dificuldade e todo aquele sangue da cabeça era mau sinal. Depois de todas aquelas ligações de socorro feitas nos últimos minutos, logo, logo os tiras pipocariam aos montes no Sheraton. Não seria nada fácil tirá-la dali no colo, passando por tudo aquilo. E, segundo as últimas orientações da chefe, era preciso levá-la com vida, e não morta.

Para Kelly, a única salvação era permitir que os paramédicos assumissem a partir de então. Ela seria entubada e sua respiração se normalizaria. Kowalski não estava equipado para nenhuma dessas providências.

Ele podia voltar e pegá-la mais tarde. No hospital ou no IML, se chegasse a esse ponto. Seria mais fácil escapar de qualquer um dos dois do que desse hotel nos próximos dez minutos. O tempo de resposta dos prontos-socorros da cidade variava; Kowalski lembrou-se de ter lido que, na Filadélfia, o tempo era provavelmente o pior de todo o país. Sua esperança era de que provassem o contrário naquela noite.

Zero hora

Ela queria gritar. Foi uma luta para ele conseguir oxigenar-lhe os pulmões que ela não sentia. Tampouco conseguiu sentir a pressão que ele fez com os lábios sobre os seus. Talvez já estivesse gritando. Não teria conseguido sentir as gotas em sua face.

Não sentia nada, mas conseguia ver, ouvir e pensar. Essa era a pior parte.

Sabia exatamente o que acontecera.

No laboratório, ela os ouvira especulando.

Comprometimento parcial.

Quando as unidades supramoleculares autorreplicantes – o Operador detestava o apelido Mary Kates, desde o início – confrontavam-se com uma escolha, elas se reajustavam para zero. Provavelmente, fora o que acontecera com ela. As portas do elevador devem ter-se aberto ainda restando um segundo ou talvez um microssegundo; para as Mary Kates, pouco importava. Elas voltavam ao zero.

Deixando-a com uma lesão cerebral desta forma tão criativa.

Não foi como ela imaginara. Achou que seria rápido e eficaz. E esperava viver o suficiente para se vingar.

Não queria olhar nos olhos de outro homem que ela tivesse condenado à morte.

Seu salvador, o apreciador de coca diet.

Comprimindo os lábios contra os dela, expressão genuína de preocupação estampada naqueles olhos azuis.

E então o outro apareceu. O enviado pelo Operador.

– Como se chama?

– Brian.

– Brian, você fez respiração boca a boca?

É, esse cara era esperto. Mas não era um completo escroto. Aqui, ele advertia Brian – seu salvador tinha um nome – a lavar-se, enxaguar a boca, como se fosse adiantar de alguma coisa. Pelo menos, foi humano de sua parte.

E, então, o homem do Operador olhou em seus olhos e, de alguma forma, percebeu que ela ainda estava ali, pois tocou-lhe o queixo com o dedo indicador e falou com ela.

– Que vacilo!

3:05

Saguão do Sheraton, rua Dezoito

O segurança, Charles Lee Vincent, trancara as portas da frente, o que desagradou um cara de cabelo cacheado, vestindo um smoking, sem gravata, trazendo, jogada ao ombro, a faixa da cintura. Vincent não deu a mínima. Entregou a chave-mestra ao recepcionista, apertando-lhe a mão firmemente, e disse:
– Só abra para os policiais e os paramédicos. Entendeu?
Ele entendeu. E, durante os nove minutos seguintes – Jack os contou um por um, olhando para o relógio acima do reluzente lago artificial no centro do saguão –, eles ficaram trancados. Sr. Cachinhos fez várias ameaças violentas, tanto físicas quanto jurídicas. O recepcionista não deu a mínima também.

Então, os policiais finalmente chegaram. Hora do show. As paredes do saguão foram invadidas por luzes tremulantes vermelhas e azuis. Se as luzes do saguão estivessem baixas, teria dado a impressão de que o Sheraton estava promovendo uma noite de discoteca.

Jack se preparou. Tudo de que precisava era um táxi para sair por aquelas portas. Aquilo era um hotel. E, certamente, eram três da manhã, mas os táxis se aglomeravam em frente aos hotéis, feito moscas de padaria, certo? Depois que pegasse um, conseguiria chegar ao aeroporto. A qualquer hora do dia ou da noite, o que não falta em aeroportos é gente saindo pelo ladrão. Ele se fingiria de doente para que um segurança o acompanhasse. Compraria uma passagem para Washington D.C. Usaria a conta poupança que tinha conjunta com a mulher. Sempre mantiveram o fundo para uma emergência qualquer, e Teresa ainda não encerrara a conta.

Se aquela situação não entrasse na categoria de emergência, ele não sabia mais o que era urgente.

Em Washington, Jack procuraria o FBI. A CIA. O Departamento de Segurança Nacional. O diabo que fosse. Um filho de Deus que escutasse sua história e então mandasse alguém ao Westin Horton Plaza em San Diego para verificar tudo.

Alguém do governo tinha que estar disponível àquela hora da manhã.

Tudo que ele precisava fazer era entrar em um táxi, quando então conseguiria respirar novamente e colocar a cabeça em ordem. Entretanto, Washington ainda parecia a coisa mais certa a ser feita.

E começou. Um clarão amarelo escuro e preto, como um tabuleiro de xadrez.

Vá, vá, vá.

O negócio era aproveitar o alvoroço e sair de mansinho. Pedir a Deus que ninguém prestasse atenção nele. Olhou rapidamente para Charles Lee Vincent: ocupado com um rabo de saia, integrante da equipe de paramédicos. Rindo de alguma coisa, provavelmente de uma piada idiota para quebrar a tensão. É, galera, aproveite e ria à vontade. Não é o cérebro de nenhum de vocês que pode explodir a qualquer instante. Porta afora, noite adentro; o choque entre o ambiente climatizado e o ar úmido de verão. Mais adiante, o táxi parado.

Jack passou a mão no traseiro; a carteira ainda estava lá.

Já pensou que engraçado se ele estivesse sem ela? Poderia voltar e contar tudo a Charles Lee Vincent: Cara, você não vai acreditar no que esqueci lá no meu quarto. Kkkkkk...

Só que o táxi partiu em disparada.

Ai, cacete! Tinha algum passageiro lá dentro? Não, não que Jack tivesse percebido. Será que o motorista recebeu um chamado de uma hora para outra? Ou teria alguém ligado com antecedência e dito: "Aí, vamos ferrar esse tal de Jack Eisley mais um pouquinho?"

Jack ficou ali, no meio da calçada, parado, enquanto os minutos passavam. Estudou a calçada à direita, do costado do hotel até o Rittenhouse Square: ninguém. Então à esquerda. Um casal, distanciando-se dele, de braços dados.

E agora? Voltar lá para dentro, ou correr para frente?

Para frente.

Jack trotou, então deu passadas vigorosas, tentou fingir um ritmo normal. Não deu certo. A mulher, a mais alta da dupla, olhou para trás, apreensiva. Jack espirrou pela boca e então deu um sorriso tímido. A mulher virou-se para frente e apertou o passo. Aquele sorrisinho não ia enganar ninguém. Jack então viu que o companheiro, o baixinho, cabelo escuro cacheado, era outra mulher. Duas jovens. Provavelmente indo para casa depois de uma noitada, ele inferiu, ou sabe lá Deus o que as jovens fazem na Filadélfia tarde da noite numa quinta-feira.

Três metros. O que eram três metros?

Muito difícil determinar assim de cabeça. Qual a extensão de um carro? Uns três metros? Será que ele precisava andar a uma velocidade tal que a distância entre ele e as garotas fosse o equivalente a um carro?

Jack sentiu uma pressão na cabeça.

As mulheres entreolharam-se; uma sussurrou e a outra fez que sim. A de cabelo cacheado vasculhava a bolsa a procura de algo. *Ai, meu Deus! Estão achando que sou assaltante.* Também pudera; por que achariam outra coisa?

Mais adiante, na direção deles, sob as luzes de mercúrio, vinha a salvação: outro táxi.

A mais alta cutucou a companheira à direita, jogou a mão para cima. O táxi piscou o farol alto e desviou para esquerda, acelerando. Jack correu para pegá-lo, quase empurrando as mulheres. O taxista deve ter achado que ele fosse se jogar na frente do carro, pois freou com tudo.

A pressão na cabeça aumentou.
Jack agarrou a maçaneta do carro. Estava gordurosa.
– Opa, peraí, filho da mãe!
– É caso de emergência médica, meu amigo – Jack balbuciou, abrindo a porta.
– Meu senhor, aquelas garotas fizeram sinal primeiro.
– Que se dane. Mete o pé na tábua.
Jack deslizou no banco e fechou a porta. Então, apertou a trava automática da porta traseira. A garota mais alta, que usava uma sombra assustadoramente escura sobre os olhos e um batom extraordinariamente branco, esmurrou a janela e gritou:
– Seu escroto!
O taxista se virou e o analisou cuidadosamente.
– Peraí. Nós já nos encontramos. Você é o cara que vomitou no meu carro.
– Será que o senhor poderia fazer a gentileza de dirigir? Eu tenho muita grana pra pagar.
– Não está enjoado novamente, está?
Veio então outro murro, que balançou o carro.
– Filho da puta!
E um puxão na porta.
– Não vomitei em seu carro. A gente parou, está lembrado?
Jack viu que a garota de cabelo cacheado estava dando a volta por trás do táxi, na direção da outra porta. Ele se esticou e travou a porta.
– Santo Cristo, deixa de ser escroto, cara. Isso lá é jeito de se tratar uma mulher?
– Te pago cinquentinha só pra você dar partida e sair daqui. *Agora*.
Então veio um tapa furioso na porta. Enquanto uma dava tapas, a outra esmurrava – que dupla do cacete. Não ia demorar muito para que a mais alta arrancasse o teto do táxi, agarrasse Jack e mostrasse as centenas de dentes, furiosa...

— Porra, dá o fora daqui, cara! É questão de vida ou morte! O taxista engatou a primeira e buzinou. As garotas pularam para trás, meio assustadas. O táxi pinoteou para frente, o motor mandou fumaça para o ar, e então o motorista subiu a rua Dezoito.
— Muito bem, Senhor Vida ou Morte. Aonde quer ir?
— Para o aeroporto.
— De novo?
— Foda-se a corrida fixa. Cobre quanto quiser. Preciso chegar ao aeroporto.
— Camarada, tenho más notícias. Não estou indo para as bandas do aeroporto. Meu turno acabou.
— Como assim? Você acabou de me pegar.
— Percebeu que o taxímetro está desligado? Minha ideia era pegar as garotas, que muito provavelmente iam para o centro. Pensei em descolar os últimos trocados do dia antes de encerrar o expediente.
— Preciso chegar ao aeroporto o mais rápido possível.
— Eu até te levaria, mas tenho uma parada aí para resolver. Tenho de entregar um pacote a um amigo na esquina da Fourth com a Spring Garden. Nada a ver com o aeroporto, totalmente contramão.
— Cara, estou na pior.
— É, dá pra ver. Que noite agitada pra você, hein!
— Por favor. Só preciso que me leve ao aeroporto.
— Então, vamos fazer o seguinte: me acompanhe nessa parada por uns minutos, e acho que a gente pode dar um jeito.

Jack se recostou. Ah, tanto faz. Ele tinha acompanhado os outros e suas paradas a noite toda mesmo. Por que não um taxista?
— Só uns minutinhos?
— Menos que isso. Me diz uma coisa: você não é Mormon, é?

3:15

Little Pete's

Ainda era cedo demais para tomar outro café da manhã. Pior ainda, desta vez ele estava só. A cabeça de Ed ficara guardada atrás do balcão na recepção do Sheraton. Pelo menos, Ed estava acompanhado – vários tiras, a equipe de resgates e os funcionários do hotel – correndo de um lado para o outro ao seu redor. Com Kowalski, a história era outra. Ele estava, de uma vez por todas, completamente sozinho, em uma mesa recém-organizada e limpa por uma eslava atarracada com, no mínimo, três fios de cabelo saindo de um sinal no queixo. Seu sorriso, no entanto, era bacana. Então, corrigindo: ele estava *quase* sozinho.

Kowalski girou o celular sobre a mesa e o parou com um único dedo indicador, que foi direto para a tecla 1. Ele parou ali; apertou a discagem rápida.

Você ligou para Katie. Deixe sua mensagem e eu lhe retornarei assim que possível.

Sem frases engraçadas, nada de tom amigável na voz. Katie era assim. Profissional em todos os aspectos, com exceção dos mais importantes.

Já fazia meses, mas ele não ligara para cancelar o serviço de caixa postal que ela deixara. Katie não tinha nenhum outro parente – seu meio-irmão estava fora de circulação – e assim, não havia mais ninguém que pudesse cancelar o serviço. Catorze palavras. Era tudo que restara a Kowalski. Toda semana, ele ligava e apagava as ligações que não deixavam recado. Ele era o único que ainda ligava para aquele número. Às vezes, permanecia na linha e ouvia o próprio suspiro. Na verdade, só assim ele descobriu que suspirava. Sempre achara que tinha muito controle.

O telefone na mesa vibrou. Parecia um aerobarco, navegado por um mar de fórmica.

Kowalski atendeu.

– Você está por perto? Uma pessoa está chegando ao seu encontro em pouco mais de uma hora.

– Acho melhor você dar uma passada numa loja de conveniência, comprar um achocolatado em caixinha e duas rosquinhas para seu convidado. A parada aqui vai demorar um pouco. Nossa garota está temporariamente fora de área.

Kowalski esperava uma resposta rápida; era bem do feitio de sua chefe. As conversas dos dois eram sempre algo como partidas violentas de raquetebol. Ele mandava um saque direto sobre a cabeça da chefe, que não deixava por menos e mandava-lhe outro bem no meio do saco.

Só que, desta vez, nada.

– Você está aí, certo?

– Defina "fora de área".

– No hospital. Teve um piripaque. Começou a sangrar pelo nariz e pela boca. Mas continuava a respirar.

Kowalski achou ter ouvido a chefe ofegar; a menos que ele estivesse imaginando coisas – afinal, já era muito tarde. Tentou tranquilizá-la.

– Pode deixar que em algumas horas eu a resgato, viva ou morta, e então encerramos a partida com um placar a seu favor. Tudo bem?

– Não é o que eu tinha em mente. Segure a onda aí por um minuto, não desligue.

Kowalski segurou. Grande coisa. Segurar a onda era com ele mesmo. Tornara-se mestre em esperar, encarar o tédio, movido pela ideia de que em breve, ah, muito em breve, a diversão teria início. A breve sensação de alegria: o peso de seu dedo em um gatilho, a rápida imagem do cérebro de um homem explodindo ao ser atingido por um disparo magistral. Até então, ninguém identificara o padrão dos assassinatos, o que por um lado o fascinava e, por outro, o deprimia. Caso tirassem um raio X de todos os crânios dos sem-vergonha que ele matara nos últimos meses e sobrepusessem todas as chapas, veriam que as perfurações formavam uma letra específica do alfabeto. Até mesmo quem assistia a Vila Sésamo de vez em quando veria. O que começa com a letra K?

Katie.

Kowalski.

Ela brincava, dizendo que manteria o nome de solteira. Katie Kowalski? Fala sério! Parecia até nome de animadora de torcida. Ele então, fazendo caretas, a chamava de *"Special K"*, insinuando que ela era retardada e aproveitava para contar piadas sobre "crianças especiais". Katie dava-lhe uns tapas que, agora, pensando bem, eram meio fortes e depois...

– Está dispensado desta operação.

– É mesmo?

– Boa-noite.

– Espere. Está falando sério? Ah, sem essa! Ainda consigo lhe entregar o que deseja.

– Não consegue, não.

Isso era bem verdade sob vários aspectos.

E esse foi o fim da relação entre eles.

3:30

A caminho da rua Spring Garden

E lá se foram pela rua Dezoito, a toda, passando pelos canteiros de obras, edifícios comerciais, uma enorme catedral, mais canteiros de obras, uma via expressa subterrânea, vilas residenciais e então viraram à esquerda na Spring Garden. Jack lembrou-se de ter lido o nome daquela rua no mapa que ele comprara no O'Hare. Spring Garden ficava no ponto mais extremo ao norte do Centro da Cidade. O lugar parecia muito simpático no mapa. De perto, entretanto, a história era bem diferente. À medida que os números foram baixando, o cenário ficou cada vez mais industrial, como se as autoridades municipais tivessem simplesmente jogado as mãos para o ar e dito: "Pronto. Aqui termina o Centro da Cidade. Podem construir qualquer porcaria que desejarem."

Por fim, o táxi entrou na rua Três, dobrou à esquerda e então parou em um beco escuro. Jack não viu nenhum bar, restaurante, nada.

– Que troço é esse?
– O melhor Sybian Club da cidade, meu amigo.
– Melhor *o quê*?
– Segura aí que eu já volto. Só vou entregar esse pacote lá em cima e depois te levo ao aeroporto.

Sinal de alerta.
– Não. Eu vou com você.

O taxista passou o braço ao redor do encosto de seu banco e olhou para Jack.

– E nunca ouviu falar em um Sybian Club, né? Sei.
– Não vou abrir a boca. Deixe-me ir com você.
– Se fosse por mim, tudo bem. Mas é um clube privado. Não posso levar você.

Com tantos táxis nos quais poderia ter entrado, Jack pegou justamente um com um motorista que fazia bico como entregador para um Sybian Club. Sabe lá Deus o que isso quer dizer. Sybia. Seria uma das antigas repúblicas soviéticas? O taxista não tinha sotaque russo. Seria aquele lugar um ponto de encontro de mafiosos russos? O taxista desligou o motor e o pouquíssimo ar condicionado que circulava dentro do carro parou.

— Abra sua porta para entrar um ar. Já volto...
— Não! Por favor!

Jack abriu a porta e saiu esbaforido.

— Por favor, meu amigo! Não me deixe numa situação constrangedora!

— Eu pago.

— Não é uma questão de grana. O pessoal desse clube não ia gostar. Não iam nem querer que eu falasse sobre isso, cara!

— Dê o seu preço.

Jack falava sério. Havia o suficiente na conta poupança para cobrir qualquer quantia que esse cara tivesse em mente. Tudo por uma corrida ao aeroporto. Ele retirou a carteira do bolso traseiro para deixar claro que não estava blefando. Não sobrara muito dinheiro vivo, mas poderiam passar em um caixa eletrônico. Um *drive-thru*. Teria de ser um *drive-thru*. Ele poderia tirar um adiantamento de sua parte na poupança.

O taxista aguardou. Estava considerando, é claro, mas queria que Jack fizesse o primeiro lance.

Com a carteira aberta, Jack abaixou a cabeça e a viu. Dentro da repartição plástica: uma foto de sua garotinha, Callie, brincando em um enorme avião de madeira no parquinho preferido deles. O sorriso em seu rostinho o tranquilizou: sim, valia a pena aquilo tudo. Você quer que sua filha cresça conhecendo o pai, não quer?

Jack fez uma oferta.

O motorista recuou, como se tivesse provado algo podre, e então Jack fez outro lance. Desta vez, o motorista não se ofendeu tanto. Mas foi preciso um terceiro lance para fecharem negócio.

3:31

Little Pete's

Kowalski achou tudo de que precisava no Little Pete's. Pedira para usar o banheiro, sabendo que esse deveria ficar nos fundos, próximo ao vestuário dos funcionários e ao depósito.

Para mudar a aparência, não é preciso exagerar como se estivesse participando de uma peça de teatro. Nada de fios repuxando o nariz para cima, coisas assim. De longe, somos reconhecidos a partir de características pessoais como cabelo, físico, modo de andar, roupas e acessórios. O reconhecimento facial, quando muito, é secundário. Não quer ser reconhecido? Simplesmente mude o maior número possível de características pessoais.

Kowalski fez uma vistoria nos armários do pessoal da lanchonete, pegou um par de óculos de sol marrom, uma boina xadrez, uma camisa branca de botão e mangas curtas, uma jaqueta bege e então se enfiou no banheiro. Tinha de pegar leve com o punho que torcera fortemente quando Kelly o chutou para fora do elevador.

Cobriu a testa com uma franja e pensou em como mancaria. Não, nada de mancar. Andaria com passos curtos. Um andar afetado. Continuou vestindo a calça Dolce & Gabbana, já que nenhuma outra lhe servira, ao contrário da camisa, dos óculos e da boina. Ficou mais velho e meio ridículo. Fora do banheiro, Kowalski enfiou a camiseta preta atrás do armário e então passou tudo que tinha no paletó para os bolsos da jaqueta.

Ninguém percebeu quando ele saiu do Little Pete's.

Mais tarde, alguém perguntaria: "Ei, aquele cara de paletó preto ainda está no banheiro?"

Entretanto, quando isso aconteceu, Kowalski já estava na porta do Sheraton, entrando lentamente de costas, como se conduzisse uma equipe de resgate para dentro do prédio. Mostrou a carteira do Departamento de Segurança Nacional – a plastificada com o holograma das águias em voo – e conseguiu entrar na sala dos funcionários, onde pediram-lhe para esperar até que Charles Lee Vincent voltasse; seria interessante falar com ele. Falou. Beleza. Até parece. Kowalski pegou um paletó de garçom, saiu da sala e tomou o elevador de serviço para se dirigir ao sétimo andar. No caminho, pegou um rack de bagagens com rodinhas, desses dourados, bem brilhantes. Empurrou-o até o quarto 702, basicamente com o punho que estava bem. Pedia a Deus para que ninguém tivesse levado as bolsas ainda.

Em meio a tanto rebuliço, ele se esquecera delas.

Os policiais ainda estavam no quarto, então ele passou com o carrinho e entrou em outro quarto mais adiante, usando um cartão que encontrara no bolso do paletó de garçom. Como aquele andar fora evacuado, Kowalski não corria o risco de se deparar com um hóspede dormindo. Tirou o paletó, voltou usando sua carteira do Departamento de Segurança Nacional. Só pelos olhares dos policiais, ele percebia o que pensavam: "Ai, meu saco! Mais um desses otários."

Eles o encaminharam ao tenente ali presente, que perguntou:
– Posso ajudá-lo?
– Creio que não.
– Se precisar de alguma coisa, é só pedir. Registrou sua entrada lá embaixo?

Kowalski não respondeu. Caminhou pelo quarto, com ar de quem estava de saco cheio e, na porta da frente, deu uma espiada na bagagem – a bolsa de Kelly White e a sacola de Jack Eisley – já lacradas em sacolas plásticas. Aguardou o melhor momento e pegou calmamente as duas, carregando-as para o outro quarto.

Recolocou o paletó. Achou uma bolsa enorme e a esvaziou. Rasgou a sacola plástica que envolvia as outras bolsas e jogou o material numa calça. As bolsas de Kelly e Jack foram parar na bolsa enorme, que era verde escuro. Colocou-a no carrinho, empurrou-o para fora e dirigiu-se aos elevadores. Um policial olhou, mas não disse nada. Ainda que dessem falta das sacolas plásticas, concluiriam que outra pessoa da equipe as levara para baixo. O caso ali não era um homicídio, mas lesão corporal. Pelo menos, por enquanto.

Kowalski achou um quarto vazio no quinto andar – ei, use o que já sabe, beleza? – retirou as bolsas da sacola maior, colocou-as em uma das camas. Com a mão boa, vasculhou as duas.

Nada muito lá interessante na bolsa de Kelly, exceto um frasco de solução para lentes de contato, Imodium embrulhado em folha de estanho e uma bisnaga de Tylenol que, na verdade, estava cheia de Antietanol. Será que nossa garota era alcoólatra? A sacola continha ainda uma variedade de roupas e um número surpreendente dessas pecinhas plásticas brancas, usadas em lojas para fixar as etiquetas de preço a roupas. Todas partidas pela metade, as pecinhas cobriam o fundo da bolsa. Das duas uma: ou Kelly White fizera muitas compras ou furtara até não poder mais.

Kowalski pegou um sutiã e o levou ao nariz. Só se deu conta do que fazia depois que já tinha respirado fundo.

Fizera a mesma coisa quando a polícia lhe entregara a bolsa de Katie, a que resgataram no hotel na Rittenhouse Square, onde ela se enfiara temporariamente com o irmão, ladrão de banco. Ele desejara inalar cada última molécula de sua amada.

Passara muito tempo com aquela bolsa.

Kowalski pôs o sutiã de Kelly White de volta à sacola, sentindo-se meio culpado. Caso estivesse morta, estaria a loura o observando agora? E Katie, estaria?

No entanto, não era a sacola de Kelly que o interessava. Era a de Jack. A única chance de ele descobrir o que a CI-6 queria com

Kelly – a chefe não lhe contaria nem em sonho – era encontrando o companheiro: Jack.
Jamais deixara uma missão incompleta.
O comportamento da chefe era perturbador.
Seria possível que tivessem descoberto suas atividades extracurriculares com a facção da Cosa Nostra na Filadélfia?
E estariam lhe preparando um castigo por isso?
As respostas podiam ser sua única defesa.

3:32

*The Hot Spot, próximo à esquina
da Três com a Spring Garden*

Tratava-se de um recinto surpreendentemente pequeno – na verdade, quase um vestíbulo –, cuja principal característica era uma porção de passagens acortinadas que provavelmente levavam a outros cômodos. Poderia ter sido o segundo andar de um armazém, se não fosse pelo pequeno bar, os banquinhos com assentos em vinil e as cortinas de veludo vermelho escuro que pendiam do teto. O cheiro de velas acesas – pura cera, sem aroma – pairava no ar. Quando Jack foi perguntar sobre o local, seu motorista já havia desaparecido por uma das passagens.

Por sorte, o local era pequeno e estava lotado. *Eram* três e meia da manhã de um dia útil, certo? Mesmo assim, aquilo parecia o refeitório de um centro empresarial. Mauricinhos de terno abundavam no recinto. Cabelos ainda cuidadosamente repartidos ou penteados para frente e cortados com navalha.

Jack se dirigiu ao bar, estofado com couro preto e com as mesmas dimensões de qualquer bar que se encontra no porão decorado de algumas casas. Não havia um cardápio e nenhum barril de cerveja à vista. Nem copos. Nem garrafas.

Uma garota se aproximou. Usava um batom preto, tinha piercings no nariz e uma franja impecavelmente aparada que ficava incrivelmente paralela às sobrancelhas, uma das quais ela ergueu, estragando o efeito.

– Oi – saudou Jack, sem saber o que mais dizer.

Talvez esse lugar tivesse perdido a licença para vender álcool e então guardassem as bebidas em outro local.

Ele deu uma sacada nos seios da garota e percebeu que ela usava um espartilho preto de couro, bem apertado. Os seios turbinados ameaçavam saltar a qualquer momento. Sobretudo o direito. O lado paternal de Jack o fez sentir vontade de inclinar-se e ajeitá-lo para dentro, quem sabe até aproveitar e endireitar-lhe a franja.

E, então, ele sacou que lugar era aquele e por que não havia bebidas no bar.

Estava quase rindo ou se desesperando, ou talvez um pouco dos dois. Mas principalmente rindo. É que, por mais bizarro que parecesse, ele acabara dando sorte de ir parar no melhor lugar possível para um sujeito em suas condições.

Não está podendo, em hipótese alguma, ficar sozinho? Ora, muito simples: dê um pulinho em um puteiro no centro da cidade em Filadélfia. Pode crer, seja qual for sua opinião, melhor alternativa não há.

Ele precisava dar uma *belíssima* gorjeta ao taxista.

Princípios morais à parte – e, convenhamos, Teresa não podia nem sonhar em condená-lo, ainda mais se ele confirmasse as desconfianças acerca das atividades em que ela se engajara depois da separação – era disso que ele precisava ali. Um lugar onde pudesse pensar por uns minutos, ou quem sabe até uma hora. Solicitaria uma garota, pagaria o que ela cobrasse e então pediria que se sentasse ao seu lado por um instante. Ela nem precisava tirar a roupa. Ou falar. Por que Kelly não pensou nisso?

A garota do espartilho e franja pigarreou. Ergueu a sobrancelha novamente.

— Preciso de companhia – afirmou Jack.

Alguns caras ali presentes se viraram para olhá-lo. Teria Jack dito algo errado? Será que havia algum código específico?

A garota esticou o braço. Mais uma dúvida na cabeça de Jack. Ela queria segurar-lhe a mão? Ou esperava pagamento adiantado? Mais provável que fosse grana. Ele desabotoou o bolso traseiro e retirou a carteira. Perguntou quanto custava.

Sem dizer nada, a garota do espartilho tomou a carteira de suas mãos e a enfiou em um dos vários escaninhos em fileira na parede. A carteira foi parar lá no fundo e então desapareceu. Alguém do outro lado a pegara.

Talvez aquilo fosse uma questão de segurança; ficariam com ela até que ele encerrasse o negócio, de forma que as "meninas" não se sentissem tentadas a furtar um "extrazinho". Obviamente, o furtador podia ser a pessoa atrás da parede.

— Pronto? – perguntou uma voz que veio de trás.

Jack se virou e deu de cara com a namoradinha da escola, vestindo uma camisa branca de smoking, calça e botas pretas. Não era a namoradinha, é claro, mas a semelhança era assustadora. Os mesmos lábios finos, cabelos castanhos compridos. Ela o tomou pela mão e o conduziu por uma das passagens acortinadas, onde cruzaram um corredor até outro recinto. Ele já tinha assistido a um número suficiente de filmes para saber o que esperar: uma cama espartana, um criado-mudo, talvez um quadro de quinta categoria na parede.

Mas não foi o que encontrou.

Lá dentro, havia uma mesa baixa de madeira, sobre a qual via-se uma máquina que parecia uma sela. Despontando sobre a sela, havia uma protuberância de borracha com alguns centímetros de altura. A sela era elétrica. Um fio saía pelo lado, em direção a uma extensão, presa ao chão com fita adesiva.

Ele mal começara a se perguntar o que era aquilo quando a garota gentilmente o empurrou contra a parede e segurou-lhe as mãos.
– Direita ou esquerda?
– Que troço é aquele? – perguntou Jack.
– Você vai ver. Direita ou esquerda?
Ao perceber a perplexidade que Jack estampava no rosto, ela decidiu esclarecer:
– Cara, estou querendo saber se você é destro ou canhoto.
– Destro.
A garota gentilmente conduziu-lhe a mão esquerda até o próprio peito, sobre o coração, como se ele estivesse prestes a fazer votos de fidelidade. Seguiu-se um clique e ele então sentiu algo gélido contra o punho. Outro clique e um aperto contra o bíceps. O braço esquerdo estava imobilizado contra o corpo e preso à parede.
A garota recuou e sorriu.
– Passei o dia inteiro esperando você.

3:50

Sheraton, quarto 501

A única informação que a bolsa de Jack revelara era que ele usava cueca box. E quem não usava? Havia também um pedaço de papel timbrado do Sheraton onde estava escrito: "MK WHP SD", que podia significar qualquer coisa. Mesmo assim, Kowalski dobrou o papel e o pôs no bolso.

Nada de carteira nem identidade. Deviam estar com o cara. A etiqueta na bolsa, entretanto, trazia o sobrenome Eisley e um endereço em Gurnee, Illinois.

Pronto, chega de perder tempo. Próximo passo: arranjar outro disfarce e bancar o amigo do peito do homem que você quase matou asfixiado há pouco. Sr. Vincent. Ele saberia dizer onde os policiais mantinham Jack Eisley. Uma carteirada com sua identidade do Departamento de Segurança Nacional e ele estaria a sós com Vincent no quarto, tentando entender os eventos daquela noite. Contaria a Vincent o que a loura, Kelly White, estava aprontando, cruzando o país e criando problemas para homens casados e professores universitários.

Obviamente, Kowalski concluiu, aquele era um tiro no escuro. Eisley poderia estar morto.

Era o padrão recorrente com os outros acompanhantes de Kelly White.

4:05

Saguão do Hot Spot, o Sybian Club

— Pode me dizer como se chama?
— Pode me chamar de Ângela — respondeu, desabotoando a camisa de smoking, revelando um sutiã branco, sem detalhes. A camisa estava muito amarrotada em alguns pontos, e um dos punhos tinha uma pequena mancha que parecia molho de tomate.
— E você? Como se chama?
— Jack. Quer dizer então que Ângela não é seu nome real?
A garota ficou ofendida.
— Meu nome verdadeiro? Desculpe, mas não digo. Os nomes reais são totens poderosos. Teríamos um desequilíbrio de poder se eu lhe dissesse meu nome sem saber o seu. Quer que eu abra seu cinto? Ou consegue abrir só com uma das mãos?
— Se eu soubesse que você ia me prender contra a parede, teria desafivelado de antemão. Olha só, será que dá pra gente levar um papo rápido?

Ângela deu mais dois passos para trás e, com dois rápidos chutes no ar, retirou as botas; aproveitou e tirou as meias pretas. Desvencilhou-se da calça preta, que deslizou pelas pernas e parou no chão. O chão era de concreto. Pareceu frio para Jack.

– Você se despenca até aqui. A uma hora dessas da madrugada. Até um lugar como este... pra levar um papo? Oh, Jack, querido. Você poderia ter economizado uma boa grana se tivesse ido ao Silk City Diner no final da rua. Sempre rola um papo interessante por lá.

Sua calcinha era roxa, mas, como o sutiã, era bem básica, sem detalhes. Nada de cetim, nada de tanga. Apenas uma calcinha comum. Do tipo usado pela esposa de Jack diariamente, exceto nos aniversários de casamento deles ou nas cerimônias de casamento dos outros.

– Preciso de um instante pra pensar.

– E eu quero gozar. Estou louca pra isso.

Ela esticou o braço e pegou um controle remoto que pendia do teto, preso a um fio. Apertou um botão. A protuberância de plástico começou a fazer um ruído, e embora jamais tivesse visto nada parecido, Jack tomou a repentina consciência do formato e da utilização da coisa.

– Você não está a fim de gozar?

Jack não respondeu, pois, assim que compreendeu o propósito da sela, outro fato lhe ocorreu. A sela ficava do outro lado da sala. Com certeza, a mais de três metros dele.

E Ângela preparava-se para montar.

– Não! – Jack gritou. – Espere!

Ele empurrou o peso do corpo, tentando libertar o braço, mas o dispositivo que o prendia era muito forte.

Ângela pegou o controle remoto e apertou o botão. O ruído parou. Ela ficou na defensiva. Amedrontada, até. Droga. Ele não podia se dar ao luxo de botá-la para correr dali. Seria sua sentença de morte. Os proprietários voltariam e encontrariam um cara branco, com morte cerebral, preso à parede. Tente explicar *essa*.

Explique para Donovan Platt.
Ou a Callie, um dia.
Ok, Jack, se acalme. Se acaaaaalme. Peça a ela que lhe ajude com algo. Qualquer coisa.
Foi então que ele teve a ideia. A calça.
– Pode me ajudar aqui? – solicitou, segurando, com a mão livre, a fivela do cinto.
– Não posso tocá-lo... Você sabe disso, certo? Um de seus parceiros no batalhão lhe explicou, espero.
– Claro.
Batalhão?
– As pessoas são criativas demais. Tipo, podem me imaginar como puta, sei lá o quê. Só que a brincadeira comigo é outra.
Ângela se aproximou e abriu a fivela do cinto. Pelo cheiro, parecia que a mulher passara a noite inteira em uma cozinha italiana. Havia ainda um perfume misturado, algo quente, floral e exótico, mas por baixo tinha um odor de alho, tomate e até de cigarro.
Ela tomou o cuidado de não lhe tocar a pele, limitando-se ao couro, fivela e tecido. E então a calça de Jack foi ao chão.
Anda, Jack! Bota a cabeça pra funcionar...
– E se você trouxer aquele treco aqui pra perto? A sela?
– A Sybian?
Plin! De repente, o tal "Sybian Club" mencionado pelo taxista fez sentido. Sr. Jack, ligação para o senhor na linha 1. A ficha caiu, senhor.
Ângela então o analisou cuidadosamente. Ficou muito desconfiada.
– Não é a primeira vez que você vem aqui, é? É que eu solicitei especificamente que...
– Não, não... é que a essa hora eu fico meio lesado mesmo.
Ela olhou para o Sybian e novamente para Jack, ainda preso à parede com a braçadeira metálica.

— Você parece gente boa, Jack. Mas eu já me dei mal. Na verdade, fui eu que fiz jogo duro e pedi que eles afastassem o equipamento uns três metros da parede. Curto muito esse lance de masurbação comunitária, desde que eu não leve uma gozada quente na cara.

O que Jack podia dizer? Que era míope? As palavras *masturbação comunitária* ecoavam em seu crânio. A situação finalmente começava a fazer sentido. Aquilo ali não era prostíbulo nem clube de strip-tease. Era uma espécie de clube de *swingers* onde ninguém tocava em ninguém. Ângela não era funcionária, mas *sócia* do clube. Muito provavelmente fora direto para lá depois de largar o serviço no restaurante italiano onde trabalhava como garçonete. Servindo macarronada, ravióli com almôndegas, rezando para dar a hora de sair e ir para o clube, onde se sentava em uma sela elétrica equipada com um consolo enquanto um estranho de calças arreadas até os tornozelos tocava uma. Talvez ela repetisse o processo algumas vezes. Era assim que o clube justificava a relação numérica homens-mulheres? Os homens aguentavam uma, no máximo duas brincadeiras. As mulheres, entretanto, podiam ser as clientes que repetiam a dose.

— Então eu estou indo pra lá, tudo bem?

Ela deu o primeiro passo para trás.

— E se eu... — Jack buscava as palavras — não fizesse nada? Só ficasse olhando?

A sugestão, pelo visto, foi tão ruim quanto a incapacidade de identificar o tão famoso Sybian.

— Mas e eu vou ficar olhando você me observar enquanto gozo?

— Então me solte. Vou me comportar.

— Até resolver me violentar. Nada disso, pode esquecer. — Ela deu um tapinha no punho de Jack. — Olha só, eu tive uma longa noite e, se não se importa, eu gostaria de trepar lá no equipamento e mandar ver. Se você não quer tocar uma, tanto faz como tanto fez; pelo menos me distraia, pondo o pau pra fora. Ou, caso tenha mudado de ideia, posso chamar alguém para acompanhá-lo para fora do recinto. Você é quem sabe.

Com um leve estalido dos polegares, a calça de Ângela deslizou até os joelhos.

– E aí?

– O problema é o seguinte: eu sou míope.

4:10

Sala de segurança, Sheraton

No quarto 508, Kowalski encontrou uma tintura capilar masculina e uma jaqueta preta de couro. Um breve perfil do hóspede: um imbecil bem-sucedido, atormentado pelo peso da idade. Provavelmente saíra para dar sua corridinha da madrugada pela Rittenhouse Square. Tentando driblar a morte. Boa sorte. Por um lado, Kowalski queria ficar e dar um oi quando ele voltasse. Oi, adivinha só! De nada adiantou toda essa corrida!

A ausência do sujeito era muito conveniente para Kowalski, é claro. Mas mesmo assim. O cara deveria estar dormindo caso pretendesse tingir o cabelo de louro. Menos estresse em sua vida.

Uma calça jeans preta de outro quarto, um par de óculos de leitura de outro – Kowalski o afanou do criado-mudo, a centímetros de onde o dono dormia – e finalmente estava pronto para falar com Charles Lee Vincent.

Que não o reconheceu.

– Então este é um caso para o Departamento de Segurança Nacional, huh?

Kowalski deu um sorriso nervoso, consertou os óculos com a mão boa. Manteve a direita enfiada no bolso da jaqueta. Sentia uma pressão no punho e não queria que aquilo o denunciasse.

– Se for o sujeito que procuramos, sim. Ele o agrediu?
– Ele deu sorte. Se não fosse tão tarde...
– Claro. Mas não se sinta mal. Este homem que procuro é bem treinado. Envolveu-se com Mossad, fez alguns trabalhos mercenários no Afeganistão.
– Mesmo assim, insisto: ele deu sorte.
– O senhor está bem, sr. Vincent?
– Estou. Mas estou aqui pensando... Você é tão familiar. Tem certeza de que já não nos encontramos em outro lugar?
– Absoluta. A menos que você tenha trabalhado na força aqui, pois eu estava em San Diego. É possível que tenhamos nos esbarrado em alguma convenção ou algo assim.

Vago o suficiente para ser verdade e aberto o bastante para fazer com que o sr. Vincent saísse à caça de seu banco de memórias no canto errado do prédio.

– É, talvez tenha sido isso.

Kowalski perguntou sobre Jack Eisley, o cara que estava no quarto com a loura. Vincent pouco sabia: tinha, nos registros, os números da carteira de habilitação e do cartão de crédito do sujeito, o que Kowalski aceitou de muito bom grado. Então, Vincent contou que acompanhara o cara até a recepção, pois ele dizia sofrer de ataques de pânico quando sozinho, o que lhe pareceu história para boi dormir, mas paciência. Como não era boa ideia contrariar um hóspede do Sheraton, ele fizera o jogo do cara. Trouxera-lhe ao saguão e pedira que um colega cuidasse dele. Só que, em seguida, o sujeito deu no pé. Talvez temesse que a esposa descobrisse que ele estava no quarto com uma loura. Como se adiantasse de alguma coisa desaparecer. Mais cedo ou mais tarde, a polícia iria querer falar com ele.

– E, como eu disse, temos os registros dele bem aqui.
– O que você tem em termos de câmeras na frente do prédio?

Os olhos de Vincent brilharam. "Estou um passo na sua frente."

Após virar-se para o gravador de *back-up*, Vincent retirou a fita digital em uso no momento e a passou no reprodutor, usando uma espécie de alavanca plástica para voltar a gravação ao ponto das três da manhã, mais ou menos quando a polícia chegou, explicou ele. Quanto mais movia o dispositivo plástico para a direita, mais rapidamente a gravação recuava. Depois de alguns minutos, Vincent diminuiu a pressão sobre o botão, e então lá estava ele, Jack Eisley, saindo do prédio.

– Pelo jeito, ele foi na direção sul na rua Dezoito – disse Vincent. – A essa altura, pode estar em qualquer canto.

Kowalski não tirou os olhos da tela. Pouco acontecia.

– Está esperando pra ver se ele vai voltar? Não sei se vai adiantar de alguma coisa. Vi esse cretino que você procura muito mais do que Eisley. Subimos no mesmo elevador, juntos. Eu conseguiria identificá-lo em um segundo.

– Conseguiria, né? Espere. Ali.

Um borrão amarelo na tela. Um táxi, indo pela Dezoito. Kowalski virou o botão levemente para a esquerda e voltou a gravação alguns segundos. O táxi passou novamente, e Kowalski recolocou o botão no centro. O táxi ficou congelado no meio da rua.

– Não dá pra ver quem está dentro – disse Vincent. – Mal dá pra se ver as mãos do motorista.

– Mas dá pra eu ver a logomarca no capô. Com que botão aqui eu aumento o foco?

– Você não vai conseguir ver aqueles números.

Kowalski o ignorou e apertou outros botões.

– Tem notícias do estado da loura?

– Ouvi dizer que foi levada para o Hospital Pensilvânia, mas parece que o estado é grave. O desgraçado provavelmente fez a mesma coisa com ela. Apertou a mulher até os pulmões esvaziarem e a deixou sem oxigênio por muito tempo. Você deveria ter visto lá no quinto andar, se é que já não viu.

– Já vi – respondeu Kowalski, ainda tentando ajustar o foco.
– Então, viu o sangue no carpete. Com que pressão o cara asfixia uma pessoa a ponto de a criatura cuspir sangue? Cacete. Deve ser uma pressão dos diabos. Você disse que esse cara andou com Mossad?
– Esses caras pegam pesado. Aí, pode me arranjar um papel com caneta? Já vi os números.
– Que é isso! Sério? Aprendeu esse troço no Departamento de Segurança Nacional?
Que nada. Antes dos ataques de 11 de setembro e da criação do DSN (e da CI-6), antes do status ativo da CIA, antes do treinamento militar, antes da Universidade de Houston, Kowalski foi, por um tempo, um aficionado por áudio e vídeo. Trabalhou na cabine de projeção de várias partidas de basquete, brincando um pouco com os equipamentos do estúdio por duas semanas, mas foi só isso. Irmão Harry implorou para que ele voltasse, mas Kowalski precisava continuar tocando a vida. Com as atividades escolares, o cara parecia um gafanhoto, pulando de galho em galho. Queria experimentar tudo, sem se especializar em nada. Sem bagagem, nem mesmo na escola. Se tivesse de comparecer ao reencontro do colegial – e, oh, aquele filme de John Cusak lhe deu muita vontade de comparecer mesmo – não ficaria surpreso se fosse lembrado por todos sem, no entanto, ser de fato reconhecido por ninguém.
– Aprendemos de tudo um pouco, irmão – respondeu, olhando fixamente para Vincent. – Negócio é o seguinte: pode deixar comigo. Quando eu pegar esse otário, o levarei para a rapaziada do distrito policial.
Enquanto dizia isso, Kowalski apertou o botão que apagaria os cinco minutos em que o táxi aparecia no vídeo.

4:22

Aeroporto Internacional da Filadélfia

Na área de desembarque internacional, três minutos após sua chegada ao portão 22, o Operador passava pelo corredor ridiculamente grande com suas imagens representando a Filadélfia como o berço dos Estados Unidos. Uma gracinha. O cara que viajara ao seu lado não dera a mesma sorte. Era um escocês bem branco, com uma espécie de irritação cutânea nas mãos. As sobrancelhas eram tão ralas que quase não dava para distingui-las da pele pastosa na testa. O cara falava pouco e se coçava muito. E coçava, coçava, coçou durante grande parte do voo partindo de Toronto. Deve ter aproveitado alguma promoção de Edimburgo. O Operador não fazia nenhuma conexão. Se não houvesse nenhum voo direto para seu destino, simplesmente fretava um avião. O que provavelmente deveria ter feito nesse caso. Passar uma hora e meia no ar ao lado do sr. Coceirinha foi... enlouquecedor. E depois houve um problema de troca de destino de Washington para a Filadélfia praticamente no último minuto. Pois é, o cara estava com um humor péssimo. E talvez tivesse sido um pouco duro quando resolveu descontar no escocês, puxando uma comissária para o lado e mostrando-lhe sua carteira do Departamento de Segurança Nacional, dizendo que o escocês ao seu lado não parava de falar que estouraria uma bomba de estilhaços para matar vários paquistaneses em sua viagem aos Estados Unidos e... E bastou que dissesse isso. Levaria um bom tempo até que o escocês coça-coça e sua mochila pudessem apreciar as lindas obras de arte patrióticas espalhadas pelo corredor de desembarque. Assim mesmo, se conseguissem.

Escada rolante até o corredor e direto a um táxi lá fora. Nada de bagagem para pegar; quando o Operador não conseguia carregar consigo algo de que precisasse em um dado momento, ele o comprava.

Curiosamente, o taxista era paquistanês.

— Meu amigo, o escocês teria adorado você.
— O que disse, senhor?
— Deixa pra lá. Eu sempre me perco em minhas próprias histórias. Me leve para o Hospital Pensilvânia, por favor.

Ele pensou nela. Como estariam seu rosto e seu corpo depois de duas semanas de correria naquela fuga? Teria a loura continuado a mesma? Lembrou-se de uma namoradinha da faculdade que lhe dera um fora; conseguira transar com ela, só de vingança, seis meses depois, mas não foi a mesma coisa. Ela estava diferente. Até seu sabor mudara. Nem valeu a pena.

Aconteceria o mesmo com ela? Com "Kelly White", como vinha se apresentando?

Está vendo? Até o nome mudou. Só isso já era o bastante para mudar-lhe a aparência.

Seu contato na CI-6 dissera que ela ficara "incapacitada". O Operador esperava que a gravidade do problema não o impedisse de trazê-la de volta. Os dois ainda tinham contas a acertar. Talvez pudessem ir para uma prisão secreta na Tailândia. Onde, mais uma vez, ficariam a sós. Mesmo que por apenas algumas horinhas.

Zero hora
Hospital Pensilvânia

Ela estava acordada, mas não desperta. Presente, apenas seu corpo. Sentia os movimentos, as mãos, as picadas de agulha. Encontrava-se nesse estado desde que caíra no corredor do hotel, momento a partir do qual não lhe faltara companhia. Caso tivesse ficado sozinha, as Mary Kates teriam concluído o que começaram. Ela estaria morta.

Eu deveria ter pensado nisso há dias, ela pensou, e imaginou-se rindo. E era tudo que podia fazer, pois ainda estava paralisada. O que dificultaria sua saída dessa enrascada. Oh, ela enlouqueceria ali naquela noite. Pela manhã. À noite. A qualquer momento. Em qualquer lugar.

Olhou fixamente o interior das pálpebras e viu campos de estrelas e pulsares passando rapidamente. Sua vontade era de conseguir, pelo menos, abrir os olhos. Ver onde estava. O máximo que conseguia inferir era que estava em um hospital. Ouvia o bipe, o movimento nos tanques de oxigênio e, ao longe, as vozes em um interfone. Sentia o cheiro forte de desinfetante. Mas seria interessante saber que hospital era aquele.

Nascera na Holles Street, Maternidade Nacional de Dublin. Havia alguma similaridade entre os dois hospitais? Talvez estivesse na Maternidade Nacional dos Estados Unidos. De um Nacional para outro Nacional. De Dublin para a Filadélfia. A última das grandes imigrações.

Pois muito em breve a deixariam sozinha em um quarto desse hospital, e ela morreria.

Encontrava conforto nos últimos minutos – e estava certa de que era apenas uma questão de minutos –, no quanto realizara nas últimas duas semanas.

Como conseguira atingir o Operador.

Ele jamais conseguiria se refazer dessa.

E ela não teria mais de olhar em sua cara, aquela máscara de banalidade calva, aqueles olhos pretos penetrantes feito tampas de bueiros em um esgoto de insegurança e depravação.

Não queria mais ver aquele rosto.

Preferia o escuro.

4:30

Saguão do Sybian

Ângela pensava na proposta de Jack, por mais ridícula que fosse. Minhas lentes de contato, ele explicara. Ressecaram algumas horas atrás; tive de removê-las.

— Sabe, sou diferente da maioria das mulheres. Gosto de olhar. Só que sempre fui moleca, então talvez seja isso. Teve algum curto-circuito na minha cabeça, entende?

Jack disse compreender. Mentiu.

Finalmente, ela concordou em arrastar o equipamento para mais perto, mas avisou:

— Se gozar em mim, eu quebro sua cara.

Jack disse que concordava com o trato.

Entretanto, os poucos segundos que ela levou para arrastar a mesa foram torturantes.

Primeiro, os dez segundos iniciais, que Jack contou muito rapidamente; chegou a dez e nada aconteceu, o que o levou a pensar que ficaria bem, aliviado ao achar que talvez o efeito tivesse passado ou que ele não tivesse sido tão infectado como imaginara...

E, então, veio o primeiro sinal de tontura, lá do fundo do cérebro.

Não grite.

Nisso, uma pressão se formou ao redor do crânio, aumentando gradualmente, como se alguém o tivesse envolvido em um cinto, enfiado uma vara de aço através da fivela e girasse, apertando o couro contra seu cabelo, seu couro cabeludo e crânio.

Grite e é o fim.

E a agulha gelidamente quente penetrava-lhe o cérebro, com balões infláveis pretos, rapidamente se expandindo...

Grite e ela sairá correndo, e as Mary Kates acabarão com sua raça...
Então, Ângela tocou-lhe o rosto com as mãos quentes.
– Oi! Você está bem, Jack?
Jack ficou incoerentemente agradecido, e balbuciou algo sobre estar cansado. Ela reagiu com um sorriso sem graça.
– Está pronto? – perguntou educadamente.
Claro que ele estava pronto. Faria qualquer coisa para ela agora. Ela voltara para ele; salvara-lhe do abismo. Ele não estava pensando em Teresa. Nem em sua filha, Callie. Pensava somente na mulher à sua frente, querendo vê-lo se masturbar. Estava a um passo da libertinagem.
O Sybian deu sinal de vida, fazendo um ruído, e Ângela trepou no equipamento.
– Ponha pra fora! – ela mandou.
Era toda raspadinha, sem um pelo sequer. Jack mentira, obviamente. Estava com as lentes e conseguia enxergar tudo com perfeição. E viu claramente quando a ponta daquela protuberância de borracha comprimiu-se contra os lábios vaginais. Ela passou os dedos na área por alguns segundos, presumivelmente tentando excitar o clitóris. Então ergueu a cabeça e o fitou.
– E o pau? – perguntou, sinalizando com a cabeça na direção da genitália de Jack.
Ele enfiou a mão e, apesar de ter achado não ter sentido nada além de um medo desgraçado lançando-lhe um calor dos quadris para baixo, como se as pernas tivessem derretido por completo naquele ruído ali presente, sentiu certo alívio ao encontrar uma modesta ereção.
Colocou então o pau para fora.
Ângela gemeu de prazer e lançou os quadris contra o Sybian. Os músculos retesos de suas pernas davam a impressão de que ela poderia usar os calcanhares e joelhos para partir a sela em duas.

– Toca! – exclamou para Jack, de olhos fechados.
Jack sentiu uma leve decepção ao obedecer às ordens ao mesmo tempo em que seu corpo respondia...
– Até a cabecinha.
Atrás dela, alguém abriu a porta com um chute.
– Afaste-se, gata. Temos de fazer algumas perguntas ao cavalheiro.
Jack, com o pau na mão, olhou ao fundo e viu dois homens parados à porta. Um moreno de cabelo cacheado, vestindo terno, e outro que parecia um garoto ariano em um pôster nazista, também de terno, consideravelmente mais amarrotado. O ariano era mais forte, mas o outro cara, de certa forma, parecia mais tonificado, mais elegante.
– Não encontramos sua identidade policial na carteira – disse o de cabelo cacheado.
– Você não é do ramo, estou certo, sr. Eisley? – indagou o parceiro.
– Sabemos que não é. Checamos sua carteira de habilitação. O senhor não é policial.
O ruído parou. Ângela desceu do equipamento silenciosamente. Ajeitou o cabelo caído na testa.
– Vim aqui com um cara – explicou Jack, tentando encontrar o pau. Onde estava? Oh, Deus! Oh, Deus! Vamos logo com isso!
– O taxista. Ele ainda está aqui, entregando alguma coisa.
– Como ele se chama?
– Gosta de ser casado, sr. Eisley? – indagou o homem de cabelo cacheado. – O que sua esposa está fazendo neste instante em Gurnee, Illinois? Acha que ela sabe que o senhor está aqui?
Enquanto isso, Ângela foi se afastando de mansinho, recolhendo as roupas do chão de concreto. Parecia decepcionada, como alguém que teve um dia de cão no trabalho, com uma vontade enorme de tomar o primeiro chope geladinho, mas dá de cara

com um barril quebrado. À medida que ela foi saindo, os dois caras de terno se aproximaram.

– Quer que a gente ligue para ela? – perguntou o ariano.

– Só quero ir embora.

– Precisa voltar para sua convenção do jornal, certo? É por isso que está aqui, senhor jornalista? Ou está planejando escrever sobre este lugar?

Pensando bem agora, Jack não podia inventar outra forma de piorar a noite. Seus planos na Filadélfia tinham sido tão simples: encontrar-se com Donovan Platt e tentar evitar a castração. E tudo dera tão gloriosamente errado, de maneiras que ele não poderia ter imaginado. Obviamente, Jack sempre sofrera de falta de imaginação.

Como agora. O homem dos cachos, segurando o celular.

– Vamos ligar pra ela, o que acha?

Jack não sabia o que fazer.

Zero hora

Recordações de Dublin

*M*as *a face, a face dele, era tudo o que ela conseguia ver agora. Sem outro lugar para se retirar além da própria mente, continuou a pensar* nele. *Fora fácil evitar aquele rosto nas últimas duas semanas, com todas aquelas atividades: reserva de voos, trocas de roupas, decisões acerca de como usar o banheiro... tudo na presença de outras pessoas. Outros homens. Provavelmente, era a pior parte. A falta de privacidade no nível mais íntimo. Era o que ele tivera em mente o tempo todo. Mesmo antes da separação. Antes dessa série de desastres à qual ela dera início e ele aumentara a aposta. Ele. Ele. Ele. Ela se sufocava nele. Engasgava com ele. Vomitava-o. Sangrava-o.*

Tudo o que sempre quis foi ficar sozinha.
Por isso, deixara a faculdade cedo, saiu da casa da mãe, respondeu ao anúncio postado no Dublin Times: "O Tigre Céltico ruge! *Novas oportunidades maravilhosas em pesquisa científica. Candidate-se agora, no Citywest Business Campus, Saggart, County Dublin.*"
Enviara o currículo, floreando de modo a disfarçar o mestrado inconcluso, sem mencionar que abandonara o curso para trabalhar como gondoleira em uma filial da Waterstone's enquanto pensava no que fazer em seguida. O emprego na livraria não pagava o suficiente para que ela saísse de casa, mas esse do anúncio sim. E dava a entender, vagamente, que ela conseguiria pôr em prática o que aprendera em sua formação em biologia.
Ficara surpresa ao ser chamada para uma entrevista dois dias depois. O próprio Operador a recebeu à porta; mais uma vez, ficou surpresa ao saber que era americano. A entrevista foi rápida. Ele fez muitas perguntas sobre onde ela crescera, o que queria fazer e então mostrou-lhe as instalações, dando muita ênfase a todos os protocolos de segurança. Ela se sentiu como se estivesse em um set de um filme de espionagem, como Alias ou Queen and Country. Escâneres oculares. Sensores de digitais.
A princípio, o Operador lhe dera um nome falso, é claro: Matt Silver. (Só mais tarde ele piscou e confidenciou: "Sabe, este não é meu nome verdadeiro. Não posso dizer para ninguém como eu me chamo. E não conte para ninguém: somos uma repartição secreta da M15. Inteligência Britânica. Os caras investem pesado em nossas inovações científicas.")
Ele a contratara na hora.
Convidara-a para jantar no terceiro dia de trabalho. Provavelmente achou que estivesse apertando o cerco.
Fez questão de pedir robalo. Ela explicou que não gostava de peixe escuro com espinhas e depois, também, vamos combinar, ela morava aqui, ora bolas. Ele, no entanto, disse que o prato era o máximo, o melhor de todos e queria lhe oferecer o melhor. Caso contrário, qual era a graça? Ela se lembrou de quando abriu a porta de seu novo apartamento – após um amasso esquisito à porta, durante o qual beijaram-se, contra a vontade dela; sen-

tou-se no colchão – o único móvel que conseguira levar de casa – e olhou para a parede outrora branca, agora encardida, por mais ou menos uma hora. Tentando concluir se trocara uma prisão por outra. Pelo menos, ela tivera 23 anos para aprender as regras da primeira.

Ao final da primeira semana, os dois estavam "namorando". Ele esperava que ela trabalhasse até tarde, ajudando-o em um projeto especial, para o qual ele recebera um financiamento especial.

E, ao ouvir a explicação de seu interlocutor, cujos olhos brilhavam, ela sentiu um afeto especial por ele. Era um projeto sensacional.

Proximity.

Um basta no desaparecimento de crianças.

Um basta nos raptos.

Um basta nos reféns.

Um basta nas buscas internacionais.

Uma voz lá no fundo dizia: "Isso, e um basta à privacidade." De fato, nos meses em que trabalharam juntos, o conceito de privacidade foi para o espaço.

Além do mais, elas eram ímpares.

As unidades supramoleculares autorreplicantes.

"Proximity."

Ou, como ela as chamava, "as Mary Kates".

Ela checou a contabilidade: uma vultosa quantia entrava naquele pequeno laboratório de pesquisa, basicamente formado por meia dúzia de técnicos, Matt e ela. Não demorou muito para que fosse promovida ao cargo de chefe de pesquisa; seu salário era uma loucura, e Matt chegara a encontrar um jeito de encobrir seu mestrado. (Faltava apenas um semestre e meio para concluir; ela não sentia que trapaceara.) Enviava dinheiro para a mãe e as primeiras palavras pronunciadas pelo pai foram: "Danou-se! Essa virou puta."

Então viu os arquivos que o Operador escondera. Todos em forma de arquivos de sistema, ocultos, exatamente nos mesmos discos rígidos que eles usavam diariamente.

Ele deve tê-la achado idiota. Deixara uma caixa aberta, certo dia. Ela não fazia a menor ideia de qual era a senha, então, na manhã seguinte, passou talco no teclado. Quando o Operador entrou no sistema, ela fez com que ele fosse solicitado em outra parte do laboratório. Então, aproveitou para checar as teclas. Facilmente percebeu aquelas que foram pressionadas. A,S,E,V,N.
Pensou por um instante. Evans? Vanes?
Espere.
Era seu próprio nome.
Vanessa.
E o que viu, após acessar os arquivos ocultos, causou-lhe náuseas.

4:37
Rua Dezoito – Zona Sul

Após resgatar a bolsa de ginástica – Ed, meu velho amigo, quase o esqueceram –, Kowalski parou lá fora e esperou um táxi. Quando chegou o primeiro, ele não se conteve. Era o mesmo cara que o levara ao aeroporto na noite anterior. O moreno que falava sobre o preço fixo da corrida. Kowalski imaginou se havia um preço fixo da corrida até o lugar para onde Jack Eisley fora. Um preço que cobrisse uma corrida de um hotel pretensioso no centro da cidade a um puteiro de sua preferência.

Aquele especificamente, o Hot Spot, era da pesada: masturbação mútua. Kowalski coagira a cooperativa de táxis a informar o nome do taxista que dirigia o carro cujo número na logomarca ele identificara no vídeo. Com outro telefonema, conseguiu o número do celular do sujeito. Uma rápida ligação para o taxista e uma ameacinha mais tarde, ele tinha um nome e um endereço. Isso mesmo: o garotão, Jack, ainda estava lá. Divertindo-se em um quarto lá pelos fundos, como o taxista contara:

– O cara me subornou só pra entrar lá. E nem sei dizer onde diabos ele se meteu.

Em seguida, Kowalski ligou para seu esquisitão preferido, um gótico chamado Sylvester, que morava no Bronx, para lhe dar maiores informações. A última coisa de que precisava era entrar em um lugar desses às escuras.

O Hot Spot era relativamente tranquilo, segundo Sly. A maioria dos clientes era de caras casados que davam uma passadinha lá para tocar umazinha enquanto assistiam à mulherada trepar nos Sybians. Estimulação clitorial direta com o dobro da potência de qualquer vibrador da Black & Decker. As mulheres *adoravam* o equipamento. Gemiam, falavam, suavam, mas não tocavam, pois, do contrário, estariam cometendo adultério.

É... às vezes ele achava as pessoas muito engraçadas.

Mas por que Jack Alegrinho iria lá? O cara conhece uma loura gostosa, quase morre estrangulado e depois vai se acabar em um "punhetódromo"?

A menos que...

A menos que ele não quisesse ficar sozinho.

Que soubesse que algo de ruim lhe aconteceria caso ficasse só.

– Vamos para a esquina da rua Três com a Spring Garden – Kowalski orientou o taxista. – Por acaso, a corrida até lá tem preço fixo?

Zero hora

Recordações de Dublin (continuação)

*O*h, ela se preparou antes de confrontá-lo. Não foi uma decisão intempestiva. Primeiro, criou uma nova identidade, cortesia de uma garota que ela conhecera na infância e que morreu com câncer no cérebro.

Kelly Dolores White. Munida de certidão de nascimento, não foi difícil para Vanessa criar uma nova identidade das cinzas de Kelly, começando por uma carteira de habilitação. Teve de fazer o temido teste de direção novamente, mas tinha de ser. Foi aprovada. Ao contrário da primeira vez, quando a reprovaram e ela teve de esperar quase um ano por outra chance. Em seguida, cartões de crédito e, depois de quase 17 anos desde sua morte, Kelly Dolores White estava com o nome superlimpo na praça. Juntos, esses documentos foram usados para tirar um passaporte, o pico máximo da identificação. Se Vanessa precisasse desaparecer, simplesmente se tornaria Kelly White.

Enquanto não precisou sumir do mapa, ela não conseguiu se controlar. Foi se distanciando. Mas como podemos amar alguém que estamos prestes a destruir?

O Operador sabia que algo estava para acontecer – uma bomba prestes a explodir. Ele telefonou. Telefonou. E telefonou. Apareceu de surpresa. Então ligou novamente mais tarde, para certificar-se de que estava tudo bem.

Ela disse que só precisava de um pouco de espaço.

– Espaço – ele disse.

– Isso. Simplesmente espaço.

– Para sair com outros caras.

– Não, nada disso.

– Espaço – ele repetiu.

Sem perder tempo, ela preparou um pacote: pen-drive, documentos. Ampolas com amostras do Proximity. Enviou anonimamente para a central da M15 – a Thames House em Londres. Colocou outro pacote similar em sua bolsa de viagem, a que carregava para todos os lados. A bolsa que continha o passaporte, os cartões de crédito e a carteira de habilitação de Kelly White.

Quando não dava mais para suportar, marcou um jantar com ele no La Stampa. O mesmo restaurante onde marcaram o primeiro encontro. Ela insistiu em que ele pedisse o robalo.

E, quando o Pinot Noir foi servido, ela disse:

– Você não vai concluir este projeto.

Ele simplesmente a olhou.

Ela continuou:

— Há uma enorme diferença entre o que realizamos de fato e o que você me contou. Pensei estar ajudando a criar uma ferramenta para salvar vidas. Você está criando uma arma que pode matar milhares com um simples botão. Você não deve satisfação a ninguém. Verifiquei as finanças, Matt. Não temos nenhuma ligação com a M15. Somos bandidos. Seu plano é criar essa coisa e vendê-la para quem der mais. Você tem até uma pessoa dentro do governo disposta a ajudá-lo. Bem, eu vou impedi-los.

— Nossa — respondeu.

— A M15 já tem todas as provas de que precisa, Matt. Você está acabado.

— Que interessante.

O Pinot Noir permaneceu ali, nas taças, sem ser tocado.

— Já acabou? — ele perguntou.

Vanessa fez que sim tranquilamente. O que ele estava fazendo? Olhando desse jeito?

Matt, o Operador — dois nomes fictícios; só Deus sabe seu nome real — pôs algo sobre a mesa vigorosamente. Um envelope grosso. Vanessa reconheceu a caligrafia.

O envelope cheio de provas que ela enviara para a M15. Carimbado, mas não entregue. Resgatado da caixa de correios. Como ele ficara sabendo?

— E estou sabendo que você infectou as máquinas com um vírus — ele disse.

Uma hora antes do jantar, com um disco que ela comprara no mercado negro — um corruptor de dados mortal. Ela o inserira em todos os drives do laboratório e executara o programa. Achou que tivesse matado as Mary Kates.

Ele esticou o braço e agarrou-lhe a mão.

— Deixe-me falar sobre a necessidade de um pouco de espaço.

Quando ela viu, já era tarde. A agulha grossa que ele trazia na mão direita. Espetou-lhe a parte musculosa do antebraço direito e apertou a seringa.

– Espaço – ele disse. – A fronteira final. Mulheres como você não merecem espaço. Dei um jeito no problema. Só precisei imputar um comando no programa. Antes que você mandasse tudo pro espaço. E quer saber? Vai se arrepender por ter feito isso, pois preparei algo bem especial para você.

– O que você fez? – ela perguntou, mas, no fundo, sabia exatamente o que ele fizera. Tentara fazê-la de cobaia durante meses, mas ela resistira. Penetrara em sua vida com toda facilidade sem elas. Imagine como ele seria com as Mary Kates dentro dela.

Vanessa estava prestes a descobrir.

– A menos que tenha alguém a três metros de distância – ele disse –, você já era.

Matt então tomou um longo gole do Pinot Noir, quase drenando toda a taça.

– É. Pelo jeito, você acabou como cobaia mesmo. A pior que alguém pode ter.

Pegou o guardanapo no colo, arrastou a cadeira para trás, levantou-se, dobrou o guardanapo e o colocou no prato vazio à frente. Ainda não os haviam servido.

– Boa sorte, sua vaca. Aguardarei ansiosamente para ler o laudo de sua autópsia.

4:38

Saguão do Sybian

O sinal de linha, seguido de dez dígitos pressionados rapidamente. O celular pressionado contra a orelha. Toque de chamada.

– Diga pra ela: "Oi, amor, sou eu."

Mais um toque. Outro toque. E mais outro toque.

– Tá certo, vocês já foram claros o bastante, parem com isso...

– *Alô?* – A voz de Teresa estava estranha. Talvez estivesse ressecada por estar dormindo de boca aberta.

Enfiaram então o celular na orelha de Jack, que começou a pulsar.

O cara de cabelo cacheado fez um gesto, orientando-lhe como falar com ela.

– Oi, amor – disse Jack. – Sou eu.

– Oi? Quem está falando?

O cara do cabelo cacheado afastou o celular e o trouxe para si:

– Olá, sra. Eisley. Como está? Espero não a ter acordado. Olha só, estou aqui com seu marido, Jack, e tenho uma coisa incrível para lhe contar.

– *Não faça isso* – Jack sussurrou, entre os dentes cerrados.

Sr. Cachinhos olhou em sua direção, revirou os olhos e começou a andar pelo quarto. Esticou a palma aberta para Jack, como se dissesse: "Silêncio, rapaz! Estou falando com sua esposa."

O ariano girou a porca de asas, retirou-as dos prendedores ao redor do punho e do cotovelo de Jack.

– Não se mexa – advertiu.

Depois que se libertou do aparato, Jack torceu os dedos da mão direita. Estavam dormentes.

– Ei.

Jack olhou para o ariano. O cara desferiu-lhe um soco no estômago. Jack dobrou-se ao meio e caiu de joelhos.

O ariano o agarrou pelo colarinho e começou a arrastá-lo pelo chão de concreto.

Pelo menos, ele não vai me deixar sozinho aqui, pensou Jack, que, em seguida, tossiu, certo de ter sentido gosto de sangue.

Zero hora

Recordações de Dublin (continuação)

Nos primeiros dias, ela ficou dando voltas em Dublin, temendo ir a outro lugar, temendo ir para casa e acabar envolvendo a família. Então foi ao pub, em seguida para o quarto de um ex-namorado da faculdade; imaginou que pudesse passar uma semana com ele, quando tentaria contatar alguém na M15. Mas ele só estava interessado em uma transa de vingança; estava namorando sério outra garota.

– E, agora que te comi de novo, eu me lembrei que você sempre foi ruinzinha de cama.

Ele disse isso em uma festa; ela acabou ficando com o anfitrião, melhor amigo dele, um tal de J.J., com a cara cheia de espinhas. Vanessa sabia que ele sempre tivera uma forte atração por ela. Não transaram. Dois infelizes que não queriam pegar o carro e voltar para casa dormiram no chão da sala de J.J., e Vanessa e J.J. juntaram-se a eles. Trocaram uns beijos. Ele acariciou-lhe os seios. Tentou fazer o mesmo mais abaixo, mas Vanessa o manteve concentrado nos seios.

Na manhã seguinte, o celular de J.J. começou a tocar enquanto todos ainda dormiam no chão. J.J. estava todo cheio de si por ter finalmente dormido com a elusiva Vanessa Reardom. Vanessa, por outro lado, estava morrendo de medo. O que faria em seguida? Não podia ficar com esse cara para sempre. E estava louca para ir ao banheiro. E não era só para fazer xixi. Só que o banheiro ficava a mais de três metros de distância da sala, em um canto do apartamento.

J.J. fechou o celular. Estava pálido.

– O Ken... – sussurrou.

O tal ex-namorado.

– Ken morreu. Donna o encontrou no banheiro. Morreu com uma forte hemorragia.

J.J. se desesperou. Cobriu o rosto com as mãos e chorou. Vanessa não entendia. Ken? Morto? O desgraçado só tinha 24 anos. Não podia ter sido drogas. Ken era caretão. Ela estivera com ele na noite anterior e...
Espere aí.
Essa não. Não podia ser. As Mary Kates não podiam se transferir assim. Tinham de ser injetadas diretamente. Para que a transferência se desse por saliva, elas teriam de se multiplicar a uma taxa sem precedente e imbatível.
A menos que o Operador tivesse modificado o programa.
Que bosta. Era isso que ele fizera. Aquele escroto.
Foi quando ela percebeu até que ponto o Operador fora. Aquilo não era com ela. Era com todos que ela amasse. Ou todos por quem ela sentisse tesão. Ou beijasse.
Enquanto Vanessa viajava em suposições, J.J. se levantou e arrastou-se para o banheiro. Ela não estava prestando atenção. Por que prestaria? As pessoas iam ao banheiro o tempo todo. Para os homens, a mijada matinal era...
E então a ficha caiu.
– J.J. – gritou.
Ele não respondeu. Ela se levantou com as pernas dormentes e saiu a tropeçar pelos corpos ali dormindo em direção ao banheiro. Ninguém acordara ainda. Ela ouviu um som de água lá dentro. Encostou-se na porta. O banheiro não era grande. Com certeza, não havia mais de três metros entre ela e J.J., que provavelmente estava usando a pia, jogando água fria no rosto, tentando tirar as lágrimas. Teve vontade de dizer que não precisava sentir vergonha. Sobretudo em sua presença. A mulher que matou seu melhor amigo.
– J.J.!
Nada.
Então algo horrível lhe ocorreu e ela abriu a porta às pressas, dando de cara com J.J. no chão frio, em uma poça de sangue.
Sangue por todos os lados.

4:39

Via expressa rua Vine/II-676 Oeste

Durante toda a corrida de táxi, o Operador ficou pensando mil coisas sobre ela. Sentiu-se feliz por ela ter sobrevivido por tanto tempo. Sempre fora safa, bem esperta, apesar do aparente desamparo. Ele sabia que ela resistiria. Não por duas semanas, entretanto. Vanessa deve ter despertado alguma poderosa fonte de criatividade.

O celular em seu paletó vibrou. Retirou-o do bolso e o abriu. Era seu contato na CI-6. A mulher que ele conhecera seis meses antes, durante uma excursão em seu laboratório. Quando ele ainda flertava com o Departamento de Segurança Nacional, mostrando-lhes algumas parafernálias impressionantes.

A que cuidava dos compradores.

Sabe aquela canção dos Pet Shop Boys sobre inteligência, beleza e faturamento? Pois é; ele tinha as máquinas assassinas perfeitas. Ela, os contatos. Era óbvio que o resultado fosse um rio de dinheiro.

Graças a Nancy. Sua pequena agente dupla. Fingindo rastrear a misteriosa "Kelly White" ao mesmo tempo em que organizava um leilão virtual. Nancy e seus lábios carnudos. Não era nenhuma Vanessa, mas... convenhamos, ele não podia culpá-la por não ser irlandesa. Ninguém acreditaria ter sido essa a razão pela qual ele montou as operações lá; o cara *adorava* as irlandesas.

– Estou na Filadélfia – disse a Nancy.

Ela murmurou algo que soou vagamente como um pedido de desculpas, o que não era de seu feitio. Entretanto, a verdade era que ela não dera conta do serviço. Ele teria de lembrar-lhe desse detalhe quando se encontrassem novamente, cara a cara. Não era o momento ainda.

— Já decidiu onde vai realizar a transação?

— Em Tijuana — ele respondeu. — Uns amigos da faculdade passaram as férias lá certa vez. Não pararam de falar nisso. Eu sempre quis dar uma conferida.

— E, por acaso, convenientemente fica no México.

— Pois é. Assim que eu chegar e me organizar, ligo para você. Agora, estou indo prestar minha última homenagem à vaca, por isso vou desligar o celular. Não quero que nada incomode nossos momentos finais juntos.

Mentira. Se Vanessa estivesse viva, ele assim a manteria pelo tempo que quisesse. Só que não precisava enciumar Nancy.

Zero hora

Recordações de Dublin (epílogo)

*F**oi todo aquele sangue de J.J. que a impulsionou e lhe deu um estalo para sempre. Não conseguia apagar o que vira. Jamais seria a mesma. Odiava o Operador por isso.*

E pelo fato de que, mesmo diante do cadáver ensanguentado do homem que beijara algumas horas antes, sua necessidade mais pungente era ir ao banheiro. Não sabia se teria outra chance. A hierarquia das necessidades de Maslow. Estudara essa matéria no colegial. O anseio de aliviar a bexiga versus respeito por um cadáver? Não tinha choro nem vela. O anseio venceria.

Usou o banheiro, contorcendo-se toda para evitar qualquer contato com o corpo de J.J. Odiou-se por isso. Mas odiava ainda mais o Operador por submetê-la a tais indignidades.

A ordem de agora em diante era sair detonando tudo.

Faria o que fosse preciso para destruí-lo.

Vanessa especializou-se então em muitas habilidades nas semanas seguintes: encontrar-se com homens casados, seduzi-los. Não que fosse difícil. Grande parte das vezes, os caras estavam prontos para estuprá-la no bar. Ela, no entanto, dizia: "Não, aqui não." Fazia-os levá-la ao flat ou hotel onde se hospedavam. De preferência, um hotel, onde pagavam-lhe um jantar e a levavam para a cama.

Na manhã seguinte, ela chamava um táxi e insistia para que o motorista a acompanhasse até o carro; dizia ter sido agredida pelo companheiro. Ninguém questionava. E o sujeito muito provavelmente ficava feliz por se livrar dela, depois que ela começava a chorar e esbravejar. Feliz até mais ou menos dez segundos após sua partida. As Mary Kates precisavam apenas de algumas horinhas para se replicar e se espalhar pela corrente sanguínea a ponto de matar.

Eles raramente gritavam, o que era bom. E, depois da segunda vítima, ela passou a não se importar tanto. Esses homens eram adúlteros afinal de contas.

Quando o quinto homem morreu, ela pensou que alguém certamente viria ao seu encalço. A trilha de corpos era longa demais para ser ignorada. Ninguém realizava um exame de sangue? Ninguém via nada estranho? Sua esperança era de que houvesse uma comoção pública: ASSASSINATOS CHOCANTES, HOMENS ENCONTRADOS EM TODO O PAÍS, CÉREBROS EXPLODIDOS EM SEUS CRÂNIOS. Depois que o país se horrorizasse, e Anderson Cooper falasse sobre o assunto na CNN, ela planejava se entregar ao New York Times.

Só que nada.

Onde estavam os repórteres?

Caso esses homens fossem enterrados com as Mary Kates, sua excursão de vingança era em vão.

Seu desespero e seu cansaço aumentaram gradualmente. Seu corpo reclamava dos hábitos alimentares incertos e da agressão física. Ela já devia ter enlouquecido. Sua mente precisava de férias urgentemente.

Então, um dia antes, ela estava em um voo de Houston para a Filadélfia e ouviu alguém dizer: "Oh, você é jornalista?"
Aquele era um homem que ela definitivamente tinha de conhecer.
Jornalista Jack Eisley.
Seu Jack, seu salvador, sua última esperança.

4:42
Esquina da rua Três com a Spring Garden

Jack cuspiu sangue na calçada e não entendeu por que ainda não tinha morrido. Não que ele não tivesse tentado a todo custo evitar a tragédia. Pelo amor de Deus, o cara gritara, suplicara, agarrara-se aos degraus da escadaria, mas o ariano era mais forte e as súplicas só o irritavam ainda mais. Jack fora jogado na rua sem a menor cerimônia, com o aviso de nunca mais pensar neste lugar, muito menos voltar ali ou escrever sobre ele. Caso contrário, sua esposa e sua filha estariam em perigo.

A rua estava completamente deserta.

Então ele se perguntou: cadê a pressão na cabeça? Será que deu pane nas Mary Kates?

– Vai zarpando daqui, otário.
– Imbecil.
– Escroto.

Uma risada rouca. Algo chocalhando ao redor de um par de pulmões.

Jack se virou.

Havia pelo menos duas delas, espreitando pelas sombras, a mais ou menos dois metros dele. Prostitutas viciadas. Você sabe que a coisa está feia quando é zombado por prostitutas drogadas. Mas, contanto que fiquem quietinhas, não há problema. Ele teria uma chance de respirar, pensar, tirar o sangue da boca e do nariz... Puxa vida, a camisa estava toda ensanguentada também. Talvez fosse frescura dele. Talvez devesse simplesmente juntar-se às putas, o que lhe garantiria companhia pelas próximas horas até o veneno dar cabo de sua vida. Pelo menos, não acabaria com o cérebro explodido e podia até acabar batendo um papo interessante com as mocinhas. Está vendo só? A vida é cheia de opções excitantes.

Talvez conseguisse sentar-se com elas por um tempo, se lhes oferecesse uma grana.

Esquece. Impossível. Deixara a carteira lá em cima. Para sempre. De jeito nenhum voltaria lá para pegá-la.

O que significava que outra viagem de avião estava fora dos planos.

O que significava que estava preso ali, onde provavelmente morreria.

A menos que conseguisse segurar as pontas até... quando mesmo? Até as oito? Será que o FBI da Filadélfia abre às oito? Ou seria o expediente das nove às cinco?

– Bichona.

– Bicha louca.

Jack nem sabia onde ficava o FBI. Próximo à prefeitura, talvez? Olhou para o oeste, na direção de Spring Garden, e viu os espigões azuis das torres Liberty Place, e outros arranha-céus, mas nada parecido com a torre do relógio amarelo da Prefeitura da Filadélfia. Engraçado pensar que ele achou que teria tempo de sobra para fazer uma excursão pela cidade depois do encontro das oito da manhã no Sofitel. Queria mesmo ver o Sino da Liberdade, independentemente do que Kelly White dissera.

– Viado.

– Ah, vão se foder, cambada!

Uma delas jogou uma garrafa nele. A coisa se estraçalhou na calçada em frente às suas mãos.

– Otário.
– Me arranja um dólar aí, *otário*.

Ele ergueu a cabeça e olhou para Spring Garden. Nada de táxi. Nada de nada. Do outro lado da rua, no entanto, havia um abrigo de ponto de ônibus com um número 43, branco e pequeno no ferro mais alto. Sob o abrigo, estava uma mulher com uma camisa de smoking e calça preta, cabelo castanho escuro enfiado atrás das orelhas.

Caramba.

Ângela, do clube.

Sua única esperança agora.

Por mais agnóstico que Jack se achasse – forçaram-lhe a ir à igreja católica durante muitos anos –, inevitavelmente percebia a mão de um algo poderoso por trás das coisas de vez em quando. Acreditava que houvesse uma força maior atuando e que, quando a pessoa sabia enxergar os sinais, havia uma saída de todas as situações. A esse conceito, ele dava o nome de Teoria Religiosa de Batman. O cavalheiro de capa sempre dizia a Robin: "Cada armadilha oferece sua própria solução." Se a vida era uma armadilha, então oferecia suas próprias soluções também. Mesmo quando a armadilha parecia fechar-se rapidamente, a luz, apagar, e as mandíbulas, travar. Pois lá estava. Ângela. Por que outra razão estaria lá, parada na esquina, esperando um ônibus, se aquilo não fosse parte de um projeto divino? Ela podia ter um carro estacionado atrás do clube. Podia ter pedido a uma amiga para pegá-la de carro. Podia ter chamado um táxi. Mas não.

– Tenham um bom dia, senhoritas – disse Jack, levantando-se e limpando as mãos. Estavam machucadas após serem arrastadas pelo cimento.

Um ônibus se aproximava, vindo de Spring Garden. Ele mal conseguia enxergar o letreiro luminoso no alto do veículo. Rota 43.

– Boiola.

Jack atravessou a rua e, no meio da travessia, percebeu a dor na perna direita. Não sabia se estava entrevado ou se machucara algo quando atingiu a calçada. No meio da rua, sentiu a pressão na cabeça.

Ai, meu Deus. Agora não.

Terminou de atravessar a rua correndo, mas desacelerou ao se aproximar do ponto. A última coisa que desejava era assustar Ângela. As prostitutas provavelmente estavam achando graça disso. Vejam só o branquelo pisando no freio, minha gente. Ele vai tropeçar.

Jack pensou que Ângela estivesse prestando atenção no ônibus que se aproximava. Ela enfiou a mão no bolso da calça para pegar o dinheiro da passagem. Mas, sem olhar para ele, ela disse:

– O que acha que está fazendo?

– Pegando o ônibus – respondeu, ofegante.

– Isso é loucura.

O ônibus parou. Os freios entraram em ação; o barulho rompeu o silêncio da madrugada. O motor chacoalhava com tanta fúria que chegava a ser incrível que o ônibus ainda não tivesse se desmontado todo. Um assobio pneumático e as portas se abriram.

Ângela subiu, inseriu alguma coisa na caixa coletora de passagens, toda arranhada, e então se dirigiu ao fundo do ônibus. Jack subiu e tentou rapidamente descobrir os preços das passagens para diferentes itinerários. A coisa era mais confusa que o inferno. Transferências, zonas, tarifa básica... dois dólares. Dois dólares?

– A passagem custa dois dólares?

– Dois dólares – disse o motorista, que tinha uns tufos de barba na papada e os olhos avermelhados.

Jack enfiou a mão no bolso traseiro, então lembrou-se de onde estava a carteira. Não! Essa não! Bolso frontal esquerdo, nada. Frontal direito... oh, graças a Deus. Uma nota de dez e outra de um. O troco do bar do aeroporto na noite anterior.

– Tem troco pra dez?

O motorista suspirou.

– Só aceitamos o valor exato.

O cara moveu a cabeça para indicar a placa das tarifas.

– Pô, quebra o galho, parceiro. Não tem como me vender um passe para o dia inteiro?

O motorista não respondeu, como se aquela fosse uma pergunta imbecil.

– Ou entra ou sai.

Jack inseriu a nota de dez na caixa, xingando. Agora, oficialmente, ele tinha um dólar, nenhum cartão de crédito e estava preso em uma cidade estranha onde uma mulher estranha o envenenara e o infectara com nanomáquinas assassinas... ah, e onde sua única amiga no mundo era garçonete de um restaurante italiano que frequentava clubes pervertidos onde policiais de folga pagavam para vê-la trepar em uma sela com um consolo.

– Não se esqueça de sua transferência – disse o motorista, passando para Jack uma tira bege clara de papel vagabundo.

O ônibus deu partida.

4:45

Hot Spot

Kowalski agradeceu ao taxista, deu-lhe uma nota de dez, pegou a bolsa de ginástica – oh, seria hilário se ele a esquecesse. A cabeça de Ed nos fundos de um táxi. Ele imaginava as manchetes nos tabloides locais: OOPS, SE ESQUECEU DE ALGO? Ou talvez: COMO PERDER A CABEÇA EM UM TÁXI. As pessoas adoravam esse tipo de baixaria. Ed merecia mais do que um trocadilho ruim em um tabloide de quinta categoria.

O interfone de plástico marrom na porta lateral pediu-lhe uma senha. Sylvester, seu informante gótico, dera-lhe uma que devia funcionar: "eyeball skeleton." (Ei, ele usara piores.) Kowalski tentou. A porta se abriu após um chiado. Sylvester era um mala, mas dava conta do recado na maioria das vezes. Kowalski tinha de lhe dar um bônus. O cara merecia ter condições de pagar pelo implante de um par de dentes de vampiro.

Agora a parte complicada: vasculhar um clube de sexo secreto, em busca de um cara branco que provavelmente não queria ser encontrado.

Mas, após dez segundos no local, Kowalski viu apenas um bando de marombados com cabelo rente ao couro e aquele ar enfadonho de aluno de colégio católico; ele sabia que estava em casa.

Aquilo ali era um clube privado para policiais.

– Fala, parceiro – disse, abraçando o primeiro ogro que viu na frente. Mostrou a identidade do Departamento de Segurança Nacional e viu os olhos do cara brilharem. Ah, sim! Dava para ver a plastificação com o holograma das águias em voo.

Pra quem pode, certo?

– Estou procurando um cara que deve ter passado aqui agora há pouco.

– Ah, eu sei quem é – disse o policial, tentando disfarçar um sorriso. – Quer a carteira dele?

4:52

Hospital Pensilvânia

O segurança não estava nem aí para ele. Não mesmo.
– Este cartão aqui diz "Departamento de Defesa" – disse o Operador. – Sei que talvez você não tenha tido muitas oportu-

nidades escolares. Provavelmente já estava traficando no colegial, estou certo? Mas até *você* tem de saber, em algum canto de sua mente infeliz, que as palavras De-par-ta-men-to de De-fe-sa significam algo importante, certo? E que basta eu fazer uma ligação para colocar você na fila do seguro-desemprego no final do dia. Agora, abra essa porcaria e me dê acesso a um computador, ou terei de obrigá-lo a fazer um curso intensivo para aprender como o governo *realmente* funciona.

É, ele estava pegando pesado. Tudo o que o cara sonolento de pele amarelada fez foi perguntar:

– Que tipo de identidade é esta?

Talvez mais por curiosidade do que por qualquer outra coisa.

O segurança abriu as portas e o Operador mais uma vez o olhou de cima a baixo, pensou em pegar o crachá do infeliz, arrancando-o do cinto de couro e tudo o mais, só que ele tinha mais o que fazer.

E lá se foi pelo corredor com paredes gelo, precisando urgentemente de uma pintura. Deu a volta no quiosque da recepção. Moveu o mouse e abriu o programa de busca de pacientes.

Provavelmente a procura de qualquer mulher com um nome chinfrim, certo? A menos que ela estivesse usando aquele nome idiota, Kelly White até o fim.

Ah, estava mesmo. Muito bem, Vanessa. Muito bem.

Quarto 803.

4:55

Estação Spring Garden, elevado Market-Frankford

Quando Jack chegou aos fundos do ônibus, contando os segundos em todo o percurso – já tivera suficientes dores de cabeça, cortesia das Mary Kates, muito obrigado –, sua salvadora,

Ângela, estava se levantando e puxando a cordinha encardida estendida sobre as janelas para dar sinal. A campainha soou. A luz azul lá na frente se acendeu, iluminando a placa PARADA SOLICITADA.

– Você tem um minutinho?

– Não – respondeu Ângela, que, em seguida, passou por ele na toda.

– É só um minutinho.

– Que diabo – disse, mas não para Jack. Agarrou-se no ferro próximo à saída traseira. O 43 encostou ao lado da rua Spring Garden, embaixo de um viaduto. Por todos os lados, Jack via calçadas e muros de concreto, todos borrados por anos de cocô de pombo. Por que diabos ela estava descendo ali?

O ônibus parou. Outro assobio pneumático. Uma pausa. Então as portas duplas se manifestaram, abrindo-se. Ângela desceu às pressas.

Jack não tinha lá muita escolha: se não fosse Ângela, o negócio era ficar com o motorista mesmo. Pelo que ele sabia, esse era o fim da linha.

Mal teve tempo de considerar o fato de que gastara dez dólares por uma volta de ônibus que durou dois quarteirões. Ângela entrava em alguma espécie de estação, construída entre as colunas de apoio da estrada acima. Embora fosse muito cedo, com o sol ainda por despontar na Costa Leste, Jack sentia e ouvia a vibração, o zum-zum-zum e os carros acelerados lá em cima. Viu uma placa: ELEVADO MARKET-FRANKFORD. Beleza. Uma ferrovia elevada, como em Chicago. O Central Loop da Filadélfia.

A transferência foi providencial, concedendo-lhe acesso à plataforma.

Jack passou pela roleta. Viu uma estante de folhetos ao longo da parede – os horários. Talvez trouxessem um mapa. Seria pedir demais, oh, Poder Superior, para que houvesse um mapa indicando a localização da central do FBI? Seria uma atração turística? Talvez esse trem elevado o deixasse nas proximidades. Ele podia ficar atrás de um dos cidadãos ali na correria matinal para chegar ao trabalho, segui-lo até o prédio e então passar pelas portas principais, procurar uma recepcionista e lhe dizer: "Preciso de ajuda imediatamente."

Mas a correria para o trabalho devia acontecer um pouquinho mais tarde.

Havia somente duas pessoas na plataforma: Ângela e um cara mais velho, de camisa listrada. Uma dessas camisas listradas que saíra de moda havia pelo menos 15 anos: listras de cores diferentes em vários quadrantes. Um dos ombros era vermelho; o torso inferior esquerdo, azul. Havia ainda um pouco de laranja e amarelo. Jack conhecera um cara na faculdade que usava uma dessas. Pelo que ele se recordava, a coisa ficara na moda por cinco ou seis semanas.

O cara listrado estava na beira da plataforma, virado para o centro da cidade. Ângela estava do outro lado, onde paravam os trens na direção Frankford.

Rapidamente, Jack se aproximou do cara listrado. Não precisava assustar Ângela até pensar em algo. Abriu o folheto de horários. Não encontrou nenhum mapa, mas o folheto mostrava que o primeiro trem elevado, o primeiríssimo da manhã, chegava em alguns minutos, às 5:07.

Mas não. Olhe. Ângela se distanciava cada vez mais. Ele não podia deixá-la se distanciar muito além daquilo. Precisava compensar a distância em alguns segundos, antes que a dor aumentasse. O que ele ia dizer para que ela acreditasse na sua história? Agora entendia a abordagem de Kelly. Toda a história de envenenamento, tudo para levá-lo a um quarto vazio, pronto para ouvir.

A questão era que ele não acreditara nela. Quando acreditou, era tarde demais.

Que chances ele tinha de convencer Ângela?
O sol, um círculo vermelho na ponta de um charuto grosso, despontou no horizonte. Lá na nascente do rio, os alicerces semiprontos de dois prédios altos banharam-se de luz. O ar aquecia-se consideravelmente. A umidade trazia gotas de suor à testa de Jack.
O que diria a Ângela?
Pensaria em algo. O importante era se aproximar dela. Nada de assustá-la; só se aproximar mesmo. Uma distância educada – um pouco menos de três metros. O comprimento de um carro esporte.
Ela o viu pelo canto do olho e começou a se afastar.
Jack não queria morrer ali naquela plataforma úmida do elevado.
Ângela se afastou ainda mais.
O que ele podia dizer a ela?

Zero hora

Hospital Pensilvânia

*M*ovimento agora, no mundo real. *Os médicos tentando ligá-la aos aparelhos, tentando entender por que não reagia. Agulhas esterilizadas mergulhavam na carne. Talvez a colocassem em um aparelho inteligente. Um que visse as Mary Kates em seu sangue. Mas era improvável que isso acontecesse.*

Então, abriram-lhe os olhos com os dedos. Dedos frios, pele áspera. A luminosidade foi violenta, mas, quando sua visão clareou, ela viu seu rosto.

O Operador, ali sobre ela.

– Oh. Você tingiu o cabelo.

Os últimos louros naturais morrerão em 200 anos, creem os cientistas. Na Alemanha, um estudo especializado sugere que os louros são uma espécie em extinção e terão desaparecido por volta de 2202.

— BBCNEWS.COM

5:05

Hot Spot

Kowalski sentou-se no clube de masturbação mútua, aguardando a carteira de Jack Eisley, e lembrou-se da frase de Raymond Chandler que lera em dezembro: "Sabe como é o casamento. Qualquer casamento. Depois de um tempo, um cara como eu, um cara comum e sem virtudes como eu, deseja passar a mão em uma perna. Outra perna. Pode até ser nojento, mas é assim que a banda toca."

Na época, ele estava aninhado com Katie, a noiva falecida, em uma pensão em Stockton, Nova Jersey, a mais ou menos noventa minutos ao sul da cidade de Nova York. Katie adorava o local, mas era a primeira vez que se hospedavam lá. Foi a primeira vez em que dormiram no mesmo quarto, na verdade, desde que se conheceram em Houston um mês antes. O irmão dela estava lá, onde participaria de um assalto, um roubo a uma empresa de nutrição esportiva que acabara de angariar fundos, e ela estava sentada em um lugar chamado Saltgrass, saboreando um Chivas Regal com gelo. Uma linda mulher bebendo uísque em um bar de Houston. E Kowalski achava que já tinha visto de tudo.

O irmão dela, Patrick, pegava muito no pé quando se tratava de namoro, por isso então eles começaram a se encontrar na encolha. Aquele final de semana em Stockton foi o primeiro encontro de verdade que eles marcaram: um tempo a sós para trocar ideias, beber Chivas e tirar a roupa, com o pretexto de uma massagem corporal.

Kowalski recostara-se, folheando um exemplar de *A senhora do lago* que Katie levara, e leu aquela frase em voz alta, e ela disse:

— Passe a mão em outra perna, espere recuar de uma perna ensanguentada. E então você será o próximo.

Kowalski concordou plenamente. Desde então, ficou entendido que eles ficariam juntos para o que desse e viesse.

Esse clube? Aquilo ali era a outra perna.

Mas quem era ele para julgar? Acabara nunca se casando. Nunca teve a chance; tampouco se achara o tipo de cara que se casaria.

Mas odiava a ideia de que acabaria em um lugar como esse, fazendo o cinco contra um na frente de uma maconheirazinha da periferia, cujo pai não a abraçou o suficiente.

— Aqui está.

Kowalski pegou a fina carteira preta e a abriu com uma das mãos. Pouco encontrou. Carteira de habilitação de Illinois, um cartão de crédito de posto de gasolina, um cartão Visa Capital One. Havia uma única fotografia na repartição plástica: uma lourinha linda, talvez com uns quatro ou cinco anos. Kowalski sempre fora um zero à esquerda em adivinhar a idade de crianças. Retirou a foto do plástico. Havia um carimbo atrás: *Paul Photography*. Escrito à caneta: "Callie."

O máximo que conseguiram fazer foi discutir sobre possíveis nomes de bebês. Era cedo demais. Ela mal estava com dois meses de gravidez quando morreu. Mas *Callie*. Era um nome bonito. Deve ter ganho em disparado dos outros nomes.

Se não tivessem matado Katie, à essa altura estariam escolhendo um nome definitivo.

Ok, sr. K., sr. Matador da Filadélfia. Já chega.

Feche essa porcaria.

Encontre o tal Jack, faça-o abrir o bico, então planeje o próximo passo. Mais cedo ou mais tarde, a chefe o faria vomitar todas as informações, e era sempre melhor estar preparado.

– Quando ele saiu?

– Brett saiu chutando o cara para fora... Quando foi mesmo, Gary?

– Há uns vinte minutos. Pode crer: quando você chegou, ele tinha acabado de sair.

– O cara era um otário. Você devia ter visto a garota com quem ele se arranjou. Estava com uma cara de quem não via a hora de se livrar dele.

Kowalski não conseguia distinguir uma cabeça da outra: todas com o cabelo cortado bem rente. Mas, também, aquilo pouco importava, certo?

Jack chegou ali de táxi e saiu sozinho. Suponhamos que ele precise estar próximo a outras pessoas. Era improvável que tivesse saído com alguém; expulsaram-no do recinto sem a menor cerimônia. Havia algumas possibilidades: podia ter pegado outro táxi, roubado um carro ou sequestrado algum motorista. Espere. Esqueçamos as duas últimas. Jack não ia aprontar nada sinistro assim. O que mais?

– Algum transporte público aqui por perto? – perguntou Kowalski.

– O elevado Frankford fica a dois quarteirões, descendo a rua.

– Na verdade – disse Gary, ou talvez Gerry, quem podia saber? –, o primeiro trem da manhã está na estação Spring Garden neste exato momento.

Metade das pessoas ali presentes se virou para olhá-lo.

– Ah, vão à merda! Meu cunhado trabalha como segurança no Departamento de Transporte. Está sempre reclamando do expediente. Por isso estou por dentro.

Kowalski processou a informação. Um táxi ou o trem. Só havia um jeito simples de descobrir. Deu uma olhada no pessoal. Sim, pelo menos um daqueles punheteiros devia ter uma moto.

– Beleza, rapaziada – disse, estufando o peito e abrindo a carteira para mostrar a identidade do Departamento de Segurança Nacional com a mão direita. O movimento causou uma dor; o punho estava piorando. – Alguém aqui gostaria de fazer um favor ao governo dos Estados Unidos e de quebra descolar cinco mil?

5:07

Estação Spring Garden

Dois fachos de luz bem fortes, vindos do túnel ao longo dos trilhos em direção à plataforma de concreto. O trem elevado, ou o *El*. Pela primeira vez em toda a noite, Jack se sentiu presente em um terreno familiar. Conhecia bem Chicago e seu sistema ferroviário; não tinha como ser difícil na Filadélfia, certo? O trem parou, fazendo uma série de ruídos. As portas se abriram.

"Esta é uma composição sentido leste com parada em todas as estações", anunciou a gravação.

Primeira decepção: o vagão estava vazio. O trem se dirigia ao leste. Provavelmente, não era o destino de muitos àquela hora da manhã.

Segunda decepção: Ângela foi para o outro lado do vagão. O que significava que ele tinha de segui-la.

As portas se fecharam.

Tudo bem, não vai ser nada. Espere até que ela se sente, então sente-se duas fileiras atrás. Devia dar uns três metros, mole, mole.

O trem deu partida. Jack quase perdeu o equilíbrio. Esticou o braço e agarrou-se a um mastro de aço, então foi para frente. Já sentia uma pressão nas têmporas. Estava muito distante.

Os vagões se aceleraram ao longo dos trilhos, então mergulharam sob as oito pistas da I-95, virando suavemente à esquerda, ao lado uma antiga igreja – que provavelmente já estava ali antes da via expressa passar por aquela esquina e o elevado ao lado – e então se estabilizou e foi direto à estação seguinte. Segundo o mapa, era a estação Girard. Jack contou a linha. Faltavam muitas estações, pelo menos doze, até o fim do percurso. Com sorte, Ângela saltaria na última estação. Ele teria tempo para pensar.

Jack escolheu um assento duplo duas filas atrás de Ângela. Ela se espremera contra a janela e agora olhava para fora, para os topos dos prédios que passavam às pressas.

O trilho fez a curva mais fechada. O trem deu um solavanco violento. Jack quase caiu novamente.

Sentou-se. O tecido azul listrado do assento estava manchado em alguns pontos e muito gasto em outros. Afundava no meio, como se tivessem removido um apoio central. Toda a almofada estava solta também.

Filadélfia. Que droga de cidade.

O trem parou na estação seguinte. Girard. Várias pessoas aguardavam na plataforma oposta, voltando para o centro. Ninguém entrou no vagão.

Negócio é o seguinte, Ângela: estou com um dispositivo experimental no sangue, e...

Olha só, Ângela, sei que começamos com o pé esquerdo, mas é que sofro de uma doença mental esquisita que...

Ah, tá, falou. Mencione uma doença mental, malandro. Veja no que vai dar.

Jack olhou para o relógio. Eram...

5:08

Sob o El

Kowalski achou que bastava seguir os trilhos, mas logo de cara foi difícil. Eles saíam de um túnel de baixo da cidade e levavam a uma estação enfiada entre oito pistas de uma interestadual. Então mergulhavam novamente, e era difícil separar as colunas do *El* das colunas de apoio da I-95. Então ele viu a igreja, os trilhos, e tudo fez sentido. Desligou a moto por um instante. Sob o barulho do tráfego do início do dia na via expressa, achou ter ouvido o estrondo de um trem.

Primeiro trem da manhã, segundo o novo amigo policial. Como era mesmo o nome do cara? Gary? Gerry?

E uma moto robusta entre as pernas, cortesia de outro policial amigo.

Filadélfia. Que cidade calorosa!

Caso esse fosse de fato o primeiro trem da manhã, e seu alvo estivesse de fato nele, então bastava ultrapassá-lo, pular em cima e sair vasculhando vagão por vagão. Convenceria Jack a acompanhá-lo ao Hospital Pensilvânia. Não achou que seria preciso lançar mão da manobra quebra-dedo. Só o fato de dizer a Jack Eisley que sua vida poderia ser poupada já estava de bom tamanho.

Afinal, Jack não queria terminar como Ed Hunter.

Sem querer ofender, Ed.

A sacola estava presa ao lado da moto, quicando um pouco com as irregularidades no asfalto.

Segura firme aí, amigão. Logo teremos algumas respostas.

5:15
Hospital Pensilvânia, quarto 803

Entendo por que você faria algo assim, Vanessa... essa história de sua missão de vingança e tudo o mais. Só que sinto falta de seu cabelo ruivo. Tão bonito, ainda mais depois de transar. Ficava sempre meio selvagem.
Silêncio.
– Agora, veja! Você fez as sobrancelhas também. Só não estão perfeitas. Mesmo assim, estou impressionado. Você deve ter convencido alguém a acompanhá-la até uma farmácia. Onde encontrou um homem que tenha topado fazer *isso*? Ah, estou tirando com sua cara.
Silêncio.
– Você tingiu tudo? Vejamos.
Silêncio.
– Interessante. Sabe, achei que este tipo de coisa a entregaria. Talvez não tenha sido tão filha da puta quanto imaginei. Você os convenceu a fazer-lhe companhia? Como eu queria ser uma mosca na parede para ver isso! Você nunca foi muito de conversa.
Silêncio.
– Nem sei se está me escutando. Quem sabe você não passe de um talo de brócolis sobre esta cama. Brócolis com pentelho ruivo. Ah, seria uma pena.
Silêncio.
– Mas logo, logo descobriremos. Sabe, Vanessa, foram buscar uma máquina que me permitirá checar suas ondas cerebrais. Se estiverem estáveis, eu a levarei embora. Não vou te enganar, não. É bem capaz de doer. Talvez até piore as coisas. Mas conseguiremos pelo menos conversar um pouco.
Silêncio.

– Caso esteja me escutando, deixe-me fazer logo um pedido de antemão. Me poupe dos xingamentos e das ameaças. Nós dois sabemos muito bem que você gostaria de me ver morrer gritando e tudo o mais. Entendo. Eu desejaria o mesmo em seu lugar. Mas podemos nos poupar de um dramalhão inútil se você me disser algumas coisinhas simples. Como por exemplo, para quem, exatamente, você falou sobre nosso trabalho.
Silêncio.
– Pois é. Pense bem. Aliás, não lhe resta muito mais em que pensar.
Silêncio.
– Ah, aí vem a máquina que eu esperava.
Silêncio.
Sussurrando:
– Vá se preparando. Isso vai doer mais do que você possa imaginar.

5:16

Ela não conseguia mover um músculo sequer, mas escutou tudo. Esse filho da puta não ia morrer gritando. Estaria ocupado demais asfixiando-se no próprio sangue.

5:16

Frankford El, aproximando-se da estação Allegbeny

A composição deu outro solavanco e depois desacelerou. Trem desgraçado. Jack surpreendeu-se com o fato de poucas pessoas passarem mal, indo trabalhar de manhã na Filadélfia.

Jack estava ficando sem estações.

Depois desta, não restavam muitas outras. Tioga. Erie-Torresdale. Church. Margaret-Orthodox. Bridge-Pratt. E fim de linha. E o vagão ainda estava relativamente vazio. Um velho, sentado algumas fileiras atrás. Uma jovem indo para a escola, com sua mochila, atrás dele.

Jack desperdiçara os últimos minutos olhando para fora, com a cabeça pulsando feito um tambor. Sentia-se cansado. Muito cansado. As lentes de contato pareciam ressecadas e fixas permanentemente aos globos oculares. Ontem, acordara cedo para fazer a mala e tomar algumas providências de última hora: telefonemas, e-mails. Ou seja, estava acordado havia mais ou menos... com a diferença de fuso e tudo o mais... Vinte e quatro horas?

Hora de tomar uma decisão. Logo seria tarde demais para qualquer coisa. Precisava se concentrar. Ou se aproximava de Ângela e implorava... pedia... o que fosse... por um lugar para conversar, talvez até um local para ficar até que ele tivesse a chance de ligar para uma agência do governo e contar-lhes o que acontecera. Então, pedir que eles ligassem para Donovan Platt. Explicar por que ele "se atrasaria um pouco".

Ou, então, teria de encontrar outra pessoa nesse trem em movimento, alguém que pudesse convencer – do quê?

Até parece que isso daria certo.

Jack passou para a fileira seguinte. Sentou-se atrás de Ângela, próximo o bastante para sentir o cheiro de fumaça em seu cabelo. Havia um fiozinho bem fino e brilhante de suor escorrendo-lhe pela nuca.

Ela deve ter percebido que ele a olhava, pois se virou com um olhar furioso.

– O que é que tá pegando, hein?

Jack se reclinou.

– Preciso de sua ajuda.

Ela suspirou e se virou para trás.

— O que acontece no clube fica no clube, meu amigo. Ou Jack. Ou seja lá qual for o seu nome verdadeiro.

— Ouça, não é fácil explicar isso, e, juro por Deus, se eu não precisasse desesperadamente de ajuda, não a estaria incomodando. Ele olhou para sua nuca. Ela não se moveu. Talvez estivesse escutando.

— Posso lhe explicar minha situação? Sei que talvez não faça o menor sentido. Não faz sentido nem pra mim. Mas se você me der um mínimo de confiança, confiar um pouquinho em mim, estará salvando minha vida. Literalmente.

Ela mexeu o ombro e se moveu no assento. Mas não se levantou e saiu. Que ótimo. Por enquanto, ela o escutava.

— Ontem à noite, conheci uma mulher num bar do aeroporto, e ela me infectou com uma espécie de rastreador...

Ângela se virou e olhou para ele. Os olhos quase fechados, e a boca meio aberta, como se indagasse: *O quê?*

— Resumindo: se eu ficar sozinho, morro.

Ela apertou os lábios e os olhos ainda mais. Então ergueu o braço direito.

— Sei que parece loucura, mas...

Ela apertou o botão no topo da latinha.

O líquido atingiu os olhos de Jack. A princípio, entretanto, ele não sentiu nada. Era a pele do rosto. Feito campos selvagens repentinamente invadidos ao golpe repentino de uma substância química. Jack ficou com as bochechas, o nariz e a testa em chamas. Recuou, mas não conseguiu ir a lugar nenhum. As costas já estavam contra o assento. Então deslizou para o lado e caiu no chão, gritando:

— Desgraçada! Filha da mãe! Você borrifou *essa porcaria em mim!*

Apesar de sua gritaria, que o impedia de escutar com clareza, Jack estava quase certo de ter ouvido Ângela murmurar: "*Otário.*"

A ardência não passava. Quanto mais gritava e se mexia, mais ardia.
O pior de tudo: ele não conseguia enxergar nada.
Onde estava Ângela? Estaria ainda ali sentada? Rindo enquanto ele se contorcia no chão imundo do trem?
Levante-se, Jack. Levante-se e se erga! Vamos lá, coragem. Pelo amor do guarda, cara, levante-se e descubra onde você está, onde estão as outras pessoas e aproxime-se delas, senão vai morrer.
– ÂNGELA! – gritou.
Seus olhos agora... nossa, como ardiam! As lentes provavelmente tostaram com o ácido e as toxinas penetravam-lhe os globos oculares. Quanto mais lacrimejava, mais implacável o veneno do spray, e ele já o sentia no nariz e na garganta, e já o engolia...
Mexa-se.
Mexa-se agora.
Encontre o povo.
Mantenha-se vivo.
Tente ignorar a porcaria da queimação no rosto.
Jack não sabia muito bem, mas, ao percorrer o vagão, tropeçando, bateu contra o velho sentado mais ao fundo. O homem, a última pessoa na Filadélfia que ainda usava chapéu Borsalino diariamente, levantou a cabeça e olhou para Jack, com uma expressão de assombro. Ah, esses jovens de hoje. Mas o que estava acontecendo? Por que esse camarada estava convidando uma moça para sair às cinco da manhã em um trem? Não era assim que se fazia; ele merecia era mais um jato daquele spray na cara, isso sim.
A garotinha da mochila deslizou no banco, movendo-se na direção da janela.
Enquanto isso, Ângela, que se imprensara contra a porta no outro extremo do vagão, pegou o celular e ligou para o 911. O número de vezes que ela se masturbara na frente dos membros da Décima Quinta DP era suficiente para garantir uma resposta rápida

e emocionada. Quando o trem chegasse à estação final, esse escroto ia ter o que merecia.

Caso ele viesse em sua direção, ela teria de baixar-lhe o sarrafo. Estava pronta para isso.

Se preciso fosse, lhe arrancaria um olho.

Mais adiante, Jack bateu contra o vidro da porta conectora. Procurou a maçaneta. Sabia que estava no primeiro vagão. Mas talvez houvesse mais pessoas nos outros vagões. Poderia tentar aguentar a queimação nos olhos e rosto. Talvez pudesse se sentar perto de um grupo. Talvez conseguisse sobreviver àquilo. Até chegar à última estação. Rezar para que recobrasse a visão. Seguir alguém. Seguir alguém próximo a um táxi.

Encontrou a maçaneta. Abriu a porta. Passou às pressas. Tropeçou. Jogou os braços para frente, agarrou-se às correntes grossas e engorduradas.

Sentiu o clamor no sangue, as pontadas na cabeça.

O trem aproximava-se de mais uma estação. O barulho do arrastar sobre os trilhos em função da freada arranhou o interior de seu crânio. A maçaneta da porta. Lá está. Vire-a. Abra! Abra!

Jack tropeçou. Não havia nada onde devia estar uma plataforma de aço. Seu pé mergulhou e mergulhou, mergulhou...

5:20

Kowalski chegou à plataforma quando as portas do trem se fechavam. Ficara preso na bilheteria. Ah, qual é? Dois dólares por uma volta de metrô? O funcionário, um obeso que provavelmente precisou de uma empilhadeira para entrar na cabine, apontou para uma máquina de bilhetes do outro lado da estação. Ah, tá, falou. Como se ele tivesse tempo para isso. Kowalski deu uma nota de dez para o cara, mandou que ficasse com o troco e aproveitasse para comprar um *shake* emagrecedor. Para ganhar tempo, pulou a roleta.

As portas estavam se fechando.

Conseguiu entrar.

Quase.

O antebraço esquerdo ficou preso para fora.

Justamente o que segurava a sacola de ginástica com a cabeça de Ed Hunter.

– Mas que merda!

– *Esta composição fará serviço com paradas em todas as estações. Próxima estação Church Street.*

O trem ganhou velocidade. Caso não conseguisse soltar o braço junto com a sacola, Kowalski amassaria a mão contra o portão de metal no final da plataforma. O portão que estava a... oh, a alguns segundos de distância. Era provável que seu antebraço se partisse em dois. Talvez não fosse arrancado por completo. O que quer que acontecesse, o certo é que ia doer. Pior ainda, perderia o Ed. Não o carregara a noite toda para deixá-lo na plataforma de um trem elevado.

O trem acelerou.

– Mas que merda! – repetiu.

E olhe que ele não era o tipo do homem que soltava esse tipo de palavrão gratuitamente.

Kowalski atirou a sacola para cima, mirando o teto do trem, na direção de trás. O outro punho gritava em agonia. Podia estar enganado, em função do estresse daquele momento, mas achou ter reconhecido esses carros. Andara neles na Coreia uma vez, anos atrás. Pelo jeito, a Filadélfia devia tê-los comprado de segunda mão, da Coreia, e então os reformado – ou não.

A questão era: o sistema de resfriamento e calefação no teto tinha um espaço generoso ao centro. Suficiente para pegar uma cabeça decapitada em uma sacola de ginástica feito uma bola de beisebol em uma luva de couro.

Kowalski estava por dentro disso porque, certa vez, tivera de "surfar" no teto de um trem do metrô na Coreia. Anos antes. Ah, os dias de glória.

Só que, mais uma vez, podia estar enganado. Não era perito em trens de metrô. Talvez aquele fosse um modelo completamente diferente.

Faltando frações de segundo para o choque, Kowalski puxou a mão esquerda através das portas, sentindo a divisória de borracha queimar-lhe a pele. O portão passou em um jato. Então ele se equilibrou e estudou as janelas, procurando uma sacola caindo pelo lado do trem e pousando nos trilhos de aço. Esperando um trem correndo na direção contrária passar por cima e abri-la feito um balão cheio de queijo cottage.

5:21

Jack agarrou-se a uma extensão de corrente gordurosa com as duas mãos e se equilibrou antes de descer para os trilhos. Não sabia o que era pior: o rugido do trem sobre os trilhos ou o rugido em sua cabeça. Entre, cara. Fique perto de alguém. *Agora.*

Encontrou a maçaneta e a puxou para baixo. A porta se abriu e ele se jogou para dentro.

Ainda não conseguia enxergar nada e procurava por uma das barras de metal presas aos assentos e teto do trem. Encontrou, no entanto, outra coisa macia. Duas coisas, mais precisamente. Cobertas em algodão. Mornas.

Um grito.

E então um soco, bem nas costelas.

A dor o fez se dobrar ao meio, mas não foi tão ruim quanto poderia ter sido. Estava próximo a outras pessoas novamente. As Mary Kates retiravam-se do cérebro. Isso sim era o que importava. Os outros podiam lhe dar socos, pontapés, até cuspir nele. Podiam tripudiar. Queimar-lhe os olhos. Não importava. Ele estava vivo. Por enquanto.

– Qual o seu problema, cara? – alguém perguntou.

Mas Jack não sabia de onde vinha a voz. Bem próximo a ele ou mais lá para frente?

– Preciso me sentar – Jack sussurrou e agitou as mãos novamente. Buscando alguém, qualquer pessoa, perto da qual pudesse se sentar.

Mas só tinha vento.

Tentou abrir os olhos, mas doía demais. Sentiu vibrações no chão sob os pés. Seria um barulho estranho do trem ou estariam as pessoas se afastando dele?

– Por favor, alguém me ajude – suplicou.

À medida que o trem desacelerou, as pontadas na cabeça voltaram.

5:22

*E*stação Church Street. Trem Frankford com parada em todas as estações.

Tudo bem, a sacola não caiu. Pelo menos, ele não a viu cair. Ou seja, ela estava no teto do trem. Segura firme aí, Ed, que eu já vou te pegar. Kowalski abriu a porta conectora, pôs um pé sobre os cabos gordurosos entre os vagões. Bastava um impulso para subir. Mais fácil que a Coreia. Pensando bem, aquilo era um saco.

Mas algo no interior do outro vagão chamou-lhe a atenção.

Seu alvo, Jack Eisley.

Com os olhos fechados, sacudindo os braços feito um maestro cheio de crack nas ideias. Cerca de doze passageiros no vagão afastavam-se, como se ele estivesse cercado por um campo de força de *loucos*. Ninguém gostava de compartilhar o espaço com os malucos.

Que diabos Jack estava fazendo?

Talvez o vírus com o qual Kelly White o infectara o tivesse enlouquecido. Tivesse deixado-o pirado. Talvez o vírus o tivesse forçado a atacar qualquer um na Linha Market-Frankford. Talvez, em muito pouco tempo, começassem a lhe crescer pelos, dentes pontudos e ele passasse a uivar feito um cão. Kowalski não ficaria nem um pouco surpreso.

As portas laterais fechavam-se novamente.

Tudo bem, pense em Jack depois. Pegue a sacola primeiro. Jack não vai a lugar nenhum.

Um impulsozinho e...

O trem começou a se mover quando Kowalski pôs os dois pés no teto. Agachou-se, reduzindo sua resistência ao vento. Ah, lá estava Ed. Infelizmente, ele não tinha pousado na cestinha central de resfriamento/calefação. Enfiara-se no centro do topo do trem, feito uma ameixa amassada numa frigideira de prata quente. E a sacola deslizava, deslizava, deslizava para trás, à esquerda.

Kowalski se arremessou para pegá-la, pinoteou para a direita.

Uma enorme igreja de pedra despontou à esquerda, como se os trilhos elevados corressem em sua direção e de repente perdessem a coragem e se desviassem.

A sacola deslizou depressa.

Kowalski espremeu as costelas contra o metal. Que merda.

Ele jogou o braço esquerdo – o que estava bom, graças a Deus – para o lado, com os dedos esticados. Sentiu o roçar de tecido nas pontas dos dedos. Pronto. Esticou um pouco mais, o que por si só já foi uma experiência infernal. Nada. MERDA. Kowalski se levantou. Equilibrou-se. As palmas das mãos estavam queimadas. O metal do teto já estava quente.

Isso.

Pronto para deslizar até a beirada.

Kowalski ergueu-se, desvencilhando-se da central, escorou os pés na superfície metálica, como se surfasse, e dobrou-se ao meio. Com as mãos, agarrou as alças.

Te peguei, Ed.

Levantou-se.

E, ao se aproximar da estação seguinte, o trem deu um solavanco violento, como fazia sempre sobre aquela parte do trilho. Desde que a prefeitura reconstruíra os trilhos nos anos noventa e comprara a frota extra da Coreia em 2000, os trens do El Frankford nunca correram os trilhos com suavidade como na época em que o El foi construído em 1922. Muitos erros de engenharia. Nada que pudesse causar um desastre, mas o bastante para causar um solavanco em pontos previsíveis ao longo da rota.

E Mike Kowalski foi jogado para fora do teto, arremessado pelo ar, dois andares acima do calçamento quente, chocando-se contra um janelão de vidro temperado no terceiro andar de uma velha loja havia muito fechada ao público.

Atravessou o vidro de cabeça para baixo, ainda segurando a sacola de ginástica com a mão esquerda.

Seu corpo derrapou pelo antigo chão de madeira, como um fantoche arremessado ao chão por um bebê irritado.

5:23

O trem deu um solavanco e Jack foi parar no colo de alguém que estava sentado. Alguém com cheiro de gato molhado. Jack tocou em algo como um tecido, mas duas mãos bem carnudas o afastaram, empurrando-o de volta ao corredor.

– Que diabo foi isso, minha gente? – alguém gritou, e Jack, achando ter escutado vidro se estraçalhando, ficou todo confuso. Teria o trem batido? Teria ele tropeçado ou esbarrado em algum tipo de dispositivo de freio de emergência?

Não. O trem estava desacelerando, pois se aproximava de outra estação. A última estação? Jack não tinha ideia.

Mas não fazia diferença. Ele foi amparado por mãos. Agarraram-lhe pelo colarinho do paletó. Pelo braço. Dúzias de mãos. Guiando-o. Ajudando-o. Até que enfim!

Ajudavam-no a sair do trem.

– Cai fora daqui – alguém gritou.

Jack saiu tropeçando e deu de cara com o ar úmido, ralando os joelhos no cimento da plataforma; então gritou.

Que jeito péssimo de se morrer.

– *Atenção: estamos fechando as portas* – disse uma voz automática.

5:25

A primeira coisa que ele viu foi aquela cara plástica de robô. Um robô azul, de mandíbulas fortes, um rosto montado em partes com pinos plásticos que pareciam rebites. À direita, um fortão estava com o torso todo aberto por um arpão de vidro. Da ferida, escorria um lodo cor-de-rosa. Mesmo assim, a expressão em seu rosto moldado de plástico não se modificava. Aquilo sim era o cúmulo da indiferença. Chegava a servir de inspiração.

Lá estava Kowalski, quebrado, perdido em um mar de brinquedos empoeirados, coisas de que ele se lembrava dos tempos de criança.

Provavelmente quando essa loja fechou, nos anos setenta. Kowalski apertou os olhos e viu uma placa de madeira na vertical, que dizia: SNYDER'S TOYS.

Que graça.

Estava cercado por brinquedos. Robôs boxeadores. Bonecos de geleia. Bonecos da época de *O Homem de seis milhões de dólares*. Seu ídolo, Steve Austin. O homem que Kowalski quisera ser quando crescesse. Mesmo que tivesse de sofrer um terrível acidente de foguete e que as partes mutiladas de seu corpo precisassem ser substituídas por peças biônicas. *Podemos reconstruí-lo. Temos a tecnologia para isso.*

Bem, aqui estava seu terrível acidente. Arremessado de um trem em movimento. A pele toda rasgada, a perna direita quebrada em pelo menos duas partes, o punho torcido. E uma ferida tão horrorosa na cabeça que dava para sentir o sangue jorrando pelos cabelos e pingando, ensopando o chão de madeira, todo empoeirado. Pensando bem, a umidade em seu rosto provavelmente nem era de suor.

E agora? Onde estavam os membros biônicos?

Onde estava Oscar Goldman?

Ah, pois é. Ele abandonara seu Oscar ano passado para ficar com a irmã de um ladrão de bancos.

Katie.

Pronto, já chega desse papo furado. Vamos levantando, rapaz. Kowalski rolou para o lado, jogou uma das mãos. Agarrou-se à beirada de uma tábua cheia de farpas no chão. Moveu-se uns 15 centímetros para frente. Então precisou parar. Sentiu-se tonto. A dor na perna era inacreditável. Deve ter sido o modo com que caíra no chão, sobre ela. Afastou alguns brinquedos. Bonequinhas. Bolas de gude brancas. Hipopótamos de plástico destruídos, mas ainda famintos. Máquinas de costura de brinquedo. Envelopes de figurinhas. Robôs articulados. Jogos de tabuleiro, cujas caixas de papelão se rasgaram. Os personagens da turma do McDonald's. O lugar estava repleto deles. Kowalski devia ter derrubado um conjunto de prateleiras ao entrar pela janela. Era como se seu corpo estivesse pressionado contra um carpete velho e gasto, do tipo que seus pais tinham na sala. Engatinhou um pouco mais para frente e deu de cara com o Prefeito McCheese. Ele tinha um desses quando era pequeno. Corpo normal, com um cabeção de cheeseburguer. Nunca soube onde o seu fora parar. Talvez ali naquele lugar. Talvez ele próprio tivesse ido parar onde o boneco se enfiara. Talvez tivesse morrido. Talvez tivesse sido arremessado pelos ares e parado em sua versão infantil de paraíso: na sala dos pais, no dia de Natal de 1977.

Ah, para com isso.

Kowalski levou dez minutos para chegar ao outro lado do salão, onde a bolsa de ginástica com a cabeça de Ed Hunter tinha aterrissado.

Atrás dela, um espelho de brinquedo cintilante, que refletia tanto quanto uma folha de papel alumínio. Mas Kowalski conseguiu ver o próprio rosto.

Ele viu.

E gritou.

Tremeu dos pés à cabeça, em fúria.

Com a mão direita em punho, esmurrou o chão e agarrou-se à madeira com os dedos arrasados da mão esquerda.

Tinha-se saído tão bem ao manter tudo sob controle. Recebera treinamento profissional para isso. Era o cara que nunca deixava nada atrapalhar. Mas, no fundo, era o mesmo garotinho que brincara com o Prefeito McCheese, o garotinho que cresceria, conheceria uma mulher por quem se apaixonaria e com quem teria um filho, e agora estavam os dois mortos – mulher e bebê –, pois ele não conseguira salvá-los; e agora, olhe só para ele, todo ensanguentado, com o rosto rasgado, a orelha faltando pedaços, mas aqueles olhos, oh, sim, os olhos eram os mesmos daquela manhã de Natal de 1977; os mesmos olhos que o encaravam agora e que compreendiam.

Compreendiam como era estar preso dentro de um monstro.

5:30

Vanessa conseguiu se mexer. Finalmente. Conseguiu enxergar direito todo o quarto. Moveu os dedos, sentiu-os tocar em tecido. Moveu os cotovelos. Em seguida, o pescoço. Só um pouco. Parecia que a cabeça pesava meia tonelada. Mas o que importava era que conseguia se mover. Um pouco.

O Operador estava ali parado sobre ela.

– Você *está* aí, não está?

Vá se foder, Vanessa quis dizer, mas não conseguia mover a boca devidamente. Sentiu a baba escorrer pelo canto. Engasgou-se só de imaginar. Tossiu, tossiu novamente e o movimento repentino causou-lhe uma dor alucinante.

– Acalme-se, você está se esforçando demais. Precisa descansar. – O Operador olhou para a porta aberta. – Espere um minutinho.

Ele desapareceu. Estaria Vanessa amarrada à cama pelos punhos? Embora não sentisse nenhuma restrição, não conseguia levantar os braços. Ouviu o barulho da porta se fechando. Então, ele reapareceu.

– Precisamos de um pouco de privacidade.

– V...Vá... se fo... – Vanessa cuspiu. Agarrou o colchão com as unhas.

– Shhhhh! Fique quieta, lourinha. Sabe, você está no bagaço, mas estou impressionado. Esse seu desprendimento e sua voracidade. Muito, muito ousado de sua parte. E *inteligente*. Só depois de alguns dias fazendo esse jogo foi que eu me toquei do quão inteligente eram suas visitas aos aeroportos. Lugares perfeitos, onde há tudo de que se precisa. Sempre um restaurante aberto. Vários lugares para comprar camisetas. Banheiros lotados. Dorme-se nos aviões, encontra-se um garanhão cheio de boa vontade, descola-se um hotelzinho para se passar a noite... de graça. Se não me engano, na última semana você fez um rala e rola básico com pelo menos cinco homens. Espere aí, que eu tenho uma lista aqui no palm.

Quanto mais Vanessa mexia os dedos, maiores seus movimentos. Concentre-se nisso, disse a si mesma. A esquerda. Mexa. Bota essa mão e esse punho para se mexerem primeiro. Depois o antebraço. Então, encontre algo afiado.

— Isso mesmo, aqui está. Donn Moore. Pelo jeito, trabalhava com investimentos. Sempre fazendo questão do "n" extra no primeiro nome. Quê? *Donnizinho* não era bom o bastante para você? Otário. Certo. Quem mais? Jimmy Calcagno, advogado. Allan Word, outro advogado, embora menos corrupto que Jimmy, que, pelo jeito, tinha alguns clientes do mal. Sabia disso? Foi o que uma rápida pesquisa no site da Nexis revelou. Por outro lado, Allan parecia mais certinho. Direito Corporativo. Aposto como era maluco. Os certinhos são os piores. Mas vejamos quais foram os outros... quem mais? Rob Ormsby. Nossa, um roteirista. Legal. E finalmente Simon Smith, dono de uma pequena empresa de web design. Que delícia.

Vanessa não queria ouvir os nomes. Não queria pensar nos homens a eles relacionados. Queria mexer, repetidas vezes, os dedos da mão esquerda.

– Mas não acho que você seja uma piranha, lourinha. Eu sabia o que você estava fazendo. Queria chamar atenção, não é?

– S... s... sim.

Sua voz. Estava voltando.

– S... s... sim, você queria mesmo, né? – debochou o Operador.
– Ah, quem é a princesinha assassina de homens, quem é? Quem é? Isso mesmo. Minha Uanessa Essa.
– V...vá s..se fo...der.
– Foder foi o que você mais fez, não foi?
Com a manga do paletó, o Operador limpou a baba que escorria-lhe pelo lábio inferior. Ela fez um bico. Então ele agarrou-lhe a face e aproximou-se, inclinando-se.
– Foi assim que você os infectou? Trepando? Mamando-lhes os cacetes? Um beijinho já teria dado conta do recado, você sabe muito bem. Não precisava chegar aos finalmentes. Sobretudo porque você nunca fez nada disso *comigo*.
Então era isso? Voltando à Irlanda: Matt Silver, o grande Operador perverso, gentilmente conduzindo-lhe a cabeça até à genitália. Vanessa recusava-se. Dava-lhe um beijinho no pescoço meio que a contragosto, tentando aplacá-lo. Ele, achando que algumas velas perfumadas e um CD do Enigma domariam a fera, convencendo-a a ceder e fazer-lhe um boquete.
– Está com a boca meio fraquinha, não está? Aposto como não resistiria tanto agora. Quer tentar novamente?
O Operador apertou-lhe as bochechas e as soltou em seguida. Saiu do campo de visão da loura. Ela tentou segui-lo com os olhos, mas nada. Virou a cabeça levemente para a direita, e o quarto começou a girar.
– O negócio é o seguinte, minha putinha irlandesa: eu queria que você saísse e tivesse alguma coisa com outras pessoas.
Ah, quanta babaquice. O ciúme era a emoção fundamental do Operador. Seguido pela inveja. Era o que norteava tudo. No trabalho *e* na cama.
– É verdade. É claro que havia uma chance de você acabar sozinha em algum canto e... BUM! Era uma vez Vanessa Reardon. Mas eu sabia que você tentaria sobreviver por tempo suficiente

para se vingar. E entraria em contato com *várias* pessoas. Obviamente, eu não sabia que você iria e voltaria a San Diego trepando aqui, chupando ali.

Ela agora conseguia mexer a mão esquerda. Conseguia fechá-la em punho, ainda que debilmente. Então a abria. Voltava a fechá-la. E a abria novamente.

– Lembra-se de quando eu disse que o Proximity precisava de outro hospedeiro humano para sobreviver? Precisava comer células sanguíneas e outros dejetos celulares? Pois é... bem, eu *menti*. As unidades conseguem sobreviver em qualquer ambiente aquoso na Terra. Permanecem dormentes até penetrar em outro ser humano. Então se replicam feito porquinhos-da-índia. Mandam a sequência do DNA para nosso satélite, que, por sua vez, manda para nosso computador.

Vanessa parou de bombear a mão. Que papo era esse? Aquele era o dispositivo de segurança embutido nas Mary Kates. Precisavam de um hospedeiro humano como fonte de energia. Depois que o sistema urinário as descartava na privada, morriam em segundos. Dessa forma, não conseguiam se replicar, a menos que estivessem muito próx...

Oh.

Proximity. Proximidade.

Era assim que ele sempre as projetara.

Que canalha.

– Graças à sua viagem pelo país, você infectou mais de 14 mil pessoas. Deus a abençoe, Vanessa. Você fez a parte mais chata do trabalho por mim.

O Operador reapareceu em seu campo de visão. Mostrou-lhe a tela de cristal líquido do palm. Um número começou a piscar, dois, três dígitos de cada vez.

– Está vendo o que você provocou?

Jackson se espantou.
– Parece que ele conhece você. – A loura deu um sorriso forçado. **– Muitas pessoas me conhecem.**

— DAY KEENE

6:01 – 6:46

Décima Quinta DP
Nordeste da Filadélfia

Uma hora antes do final do turno, o policial Jimmy MacAdams recebeu o chamado: tumulto no elevado Frankford. Até ali, tinha sido uma noite tranquila. O caso mais interessante que aparecera foi o de um Dodge Daytona 1994 abandonado na rua Thompson, em Bridesburg. Mais um veículo com o volante quebrado, a ignição pendurada, tudo amarrado por uma tira de tecido branco. O policial Jimmy estava sentado no carro aguardando que a divisão de roubos fosse rebocá-lo. Naquele bairro, era provável que tivesse sido alguém preguiçoso demais para pegar um táxi. Mas a verdade só seria revelada de fato depois que registrassem todas as digitais na área. Logo, ele ficou ali sentado.

Então, veio o chamado.

– Batalhão de Polícia de Trânsito: homem cego uivando na plataforma do El na estação Margaret-Orthodox.

Homem cego uivando.

Ah, tá, pensou MacAdams. Já deveria esperar por essa.

MacAdams cruzou a Torresdale e pegou a Margaret na toda, o globo no teto do carro piscando, mas a sirene desligada. Em um minuto, chegou à estação. Parecia um cara comum, exceto pela espuma no rosto. O guarda de trânsito disse que ele tinha surtado, mas que agora se acalmara. Melhor ainda. MacAdams foi logo declarando:

— Você tem o direito de permanecer em silêncio. Qualquer coisa que diga, pode e vai ser usada contra você.

Em seguida, o colocou no banco traseiro da viatura. Desculpou-se pela falta de ar-condicionado que, junto com o laptop, não funcionava desde o início do turno.

— Por mim, tudo bem — disse o cara em voz baixa. — Faça o que quiser, só não me deixe sozinho.

Pelo jeito, a noite tinha sido pra lá de agitada.

— Só vou levá-lo à delegacia, tudo bem? Você não ficará só.

Ele acompanhou o cara que se identificou como sr. Jack Eisley até a Décima Quinta Delegacia na esquina da Harbison com a Levick. Foi com ele até o departamento de investigação regional no segundo andar, todo pintado de azul-marinho e faixas douradas.

Então, para a surpresa de MacAdams, o cara começou a surtar novamente. Durante todo o trajeto, comportara-se de maneira dócil. Agora, aos berros, dizia que não queria ficar só, que precisava falar com alguém imediatamente, do contrário muitos morreriam — toda a doideira típica de psicopatas. MacAdams suspirou aliviado ao se afastar daquela porcaria.

— Aí, pessoal: é todo seu — disse e voltou lá para baixo. Meia hora antes de bater o ponto de saída.

Mas algo o fez permanecer. Antes de pegar uma coca diet na geladeira da delegacia, pagou por ela, colocando algumas moedas na caixinha. Bebeu e desfrutou da sensação gelada em sua mão que segurava a latinha. Passara a noite naquele forninho sem ar-condicionado. Escutou as provocações de sempre na sala de reunião:

— Você está gripado.
— Chega aqui, me dá um abraço!
— Você está sempre gripado.
— E mesmo assim adoro esquiar.

Apesar do enorme cansaço, MacAdams admitiu: ficara curioso. Assim, terminou de beber a coca diet, jogou a latinha fora e voltou para ver o que estava acontecendo lá em cima. Pelo vidro, viu o cara conversando com o detetive Sarkissian.

Sr. Surtado dizia:

– ... te conto tudo, mas tem de me prometer uma coisa: não vai me deixar só. Não importa quem você colocar aqui dentro comigo. O delegado, um de vocês, uma secretária, qualquer pessoa. Traga um sem-teto.

– Estou aqui – disse Sarkissian.

– Sei que parece loucura, mas, por favor, acredite. Se me deixar sozinho nesta sala, vai me encontrar morto quando voltar.

– Não quero que você se machuque, Jack. Quero que me diga o que houve.

– Eu quero contar, pode crer. Talvez parte da história faça sentido pra você. Talvez você me ajude a entendê-la. Porque, pelo andar da carruagem, muita gente vai morrer hoje.

– Opa, vamos com calma aí.

– Isso não é uma ameaça.

– Acalme-se.

– Estou muito calmo.

Sarkissian o esperou acabar.

– Olha só, você pode me arranjar alguma coisa para colocar nos olhos? Tipo, um clareador como Visine, por exemplo? As lentes de contato estão que é uma desgraça, mas pode ser que eu consiga enxergar alguma coisa umedecendo-as.

– Antes, me conte um pouco da história e aí eu peço para alguém ir comprar um Visine.

– Beleza, mas...

– Do começo, por favor.

– Nem sei...

– Você disse que tudo começou nove horas atrás? Continue.

– Eu estava num bar no Aeroporto Internacional da Filadélfia. Foi onde conheci a loura. A primeira coisa que ela me disse foi...
Ele contou a história. Coisa pra lá de bizarra. MacAdams não acompanhou tudo. Na verdade, mal acompanhou metade. Pelo visto, o cara temia ficar sozinho, pois um certo satélite assassino enviaria um raio mortal a partículas em seu corpo – pois é, bizarro, não é não? –, o que o mataria em dez segundos.
Aquilo dividiu opiniões entre os detetives. Alguns queriam deixá-lo só por 20 segundos e provar que ele estava blefando. Outros achavam que isso causaria uma encrenca das grandes. E se o cara, de tanto medo, tivesse uma convulsão e morresse bem ali na sala de interrogatório? A coisa ficaria preta para todo mundo.
Mas Sarkissian era bom naquele negócio. Foi direto ao ponto fraco do cara.
– Sr. Eisley, você tem uma esposa e uma filha. Estava pensando nelas quando atacou aquela mulher no trem?
– Eu não ataquei ninguém. Estava tentando conversar com ela.
– Sua esposa e sua filha sabem que você anda conversando com outra mulher?
– Elas não se importariam. Não se soubessem o que me acontecera.
– E o que foi mesmo que lhe aconteceu?
– Já disse. Estou infectado com um dispositivo de localização que vai me matar se eu ficar sozinho.
– Por que não volta pra casa?
– Não dá. Quem me dera!
Com alguns telefonemas, confirmaram-se alguns fatos importantes.
Eisley chegou de avião ontem à noite, embora não pareça ter qualquer negócio na Filadélfia. Trabalha como repórter em um jornal semanal em Chicago.

Por volta de 1:57, um hóspede do hotel ouviu uma briga em seu quarto. Um homem e uma mulher. O segurança do hotel, Charles Lee Vincent, foi averiguar. Ao se aproximar do quarto, foi atacado por um estranho. Lembra-se apenas de que havia uma mulher no quarto. Mais tarde, Vincent acompanhou Eisley até o saguão.

Um pouco depois das três da manhã, Eisley desapareceu.

Ao mesmo tempo, do lado de fora do hotel, segundo duas turistas, Christin Dubay e Sarah French, um "grandessíssimo otário" passou-lhes a frente e roubou o táxi que elas iam pegar.

Aproximadamente às 5:16, Eisley atacou Ângela Marchione, uma garçonete do Dominick's Little Italy. Ela se defendeu, com um jato de *Mace* na cara. Ele deu um ataque no trem, passando para o vagão seguinte e depois saltou na estação Margaret-Orthodox, onde foi preso.

Eisley está sem nenhum documento de identidade nem carteira. Afirma tê-la perdido em uma boate em Spring Garden.

Ainda assim, os caras conseguiram uma cópia de sua carteira de habilitação falsificada na recepção do Sheraton. Descobriram seu endereço e seu telefone na internet. Ligaram para sua casa. Ninguém atendeu.

Por maior alvoroço que aquela história causasse, pensou MacAdams, certamente ia ser muito interessante.

MacAdams os viu voltar para a sala e interrogar Eisley mais um pouco, tentando fazê-lo contar mais algumas coisas sobre a esposa e a filha – o que fazia na Filadélfia. Mas o cara era carne de pescoço e mais do que um pouco doido. Não parava de solicitar a presença do FBI ou de alguém do Departamento de Segurança Nacional, e, mesmo assim, pedia que pelo amor de Deus não o deixassem sozinho.

Finalmente, Sarkissian decidiu: vamos deixar o cara ter um pouco de privacidade.

6:48

Depois que a pessoa se conforma com a ideia de que é um monstro, fica mais fácil operar. O físico aceita melhor os maus-tratos e fica mais disposto a lutar contra sua própria humanidade. Afinal, não há humanidade sob a carne. Foi assim que Kowalski conseguiu, aos trancos e barrancos, se levantar do chão e tentar se recompor, chegando a algo que se aproximasse de um homem. É o que os monstros faziam.

Olhara ao redor, para aquele entulho de uma infância esquecida.

As melhores operações, Kowalski lembrava-se, provia as próprias ferramentas.

Primeiro, encontrara agulha e linha no kit da máquina de costura. Os cortes em seu corpo podiam ser cobertos com bandagens e roupas. Mas, e quanto ao rosto? Precisava fazer alguma coisa a respeito. Papel higiênico? Difícil. Mas o que era isso para um monstro?

Os apoios metálicos das prateleiras? Uma imobilização básica, ao estilo dos Road Warriors. O negócio era deixar para dar um jeito nas fraturas mais tarde. O importante era que os ossos conseguissem suportar-lhe o peso.

Com um pouco de água da pia dos funcionários, conseguiu até dar uma esticada nas roupas, livrando-se de parte dos estilhaços de vidro, lascas de madeira, pó e alguns vincos. Retirou o sangue coagulado ao redor das suturas roxas e rosas.

Quando saiu do armazém de brinquedos abandonado, 45 minutos depois, o monstro estava razoavelmente humano. Checou a própria imagem refletida no vidro de uma janela de outra loja. Estava pálido, mas sem nenhum sinal de sangue. As pessoas se abalam ao ver sangue. Conseguem lidar com qualquer coisa, menos sangue. Encarariam até mesmo seu rosto cheio de pontos e a tala enferrujada na perna.

Bastaram algumas perguntas a um transeunte para conseguir o que ele queria: isso mesmo, um cara estranho, aos berros, saiu algemado com o policial.

Era seu cara, o Jack.

Vivo, pelo menos até o momento em que foi preso.

A delegacia mais próxima era a décima quinta; foi para lá de táxi, mostrou o crachá do Departamento de Segurança Nacional, quase deixando o detetive Hugh Sarkissian de queixo caído com o holograma das águias em voo, que o distraiu dos pontos roxos e da tala enferrujada na perna. Kowalski lhe disse que Jack Eisley fazia parte de uma investigação na qual ele trabalhava. Não, não era nenhum terrorista, apenas um informante surtado.

– Ele ainda está vivo, certo? – indagou Kowalski.

– Está. Mas estamos prestes a dar-lhe uma prensa.

Kowalski arriscou:

– Ele implorou para não ser deixado sozinho, não foi?

Sarkissian deu um sorriso:

– *Foi*. Que diabo está acontecendo, cara?

Kowalski revirou os olhos numa expressão do tipo "nem queira saber, meu chapa" e então fez um gesto na direção da sala.

– Posso?

E, assim, entrou na sala de interrogatório precisamente às 6:48.

Pela expressão estampada no rosto de Jack, ele chegara bem na hora.

Ele estava cheio de dores.

6:49

– Pensei que eu estivesse prestes a empacotar.
– Está tudo bem. Sou Mike Kowalski, Departamento de Segurança Nacional, garantindo a segurança dos Estados Unidos para que os escrotos locais, em vez dos escrotos estrangeiros, ferrem com os cidadãos, blá-blá-blá. Mas faz alguma diferença? Depois da noite que você viveu, Jack?
– Quem é você?

Jack analisou o cara, que parecia estranhamente familiar, apesar das suturas roxas na face – qual é? Ficaram sem material para dar pontos de adultos lá no hospital?

Espere.

O cara.

O quarto do hotel.

O cara que asfixiou o segurança.

– Essa não.

Mancando, Kowalski se aproximou da mesa e se enfiou numa cadeira. Esticou o braço e tomou a mão de Jack. Kowalski usava luvas brancas, tão esticadas que estavam prestes a rasgar. É bem verdade que Jack olhou rapidamente, mas podia jurar ter visto o logotipo do McDonald's em uma delas – os Arcos Dourados – bem na altura do punho.

Jack sentiu Kowalski agarrar-lhe o dedo médio.

– Isso vai doer.

E então Kowalski torceu-lhe o dedo de um jeito que ele jamais imaginara ser fisicamente possível. Jack gritou e contorceu-se na cadeira. A dor parecia penetrar-lhe os ossos.

Do outro lado do espelho, Sarkissian dizia a MacAdams:
– *O cara é bom, diz aí.*

– Bota bom nisso.
– Aposto como ele não deixa uma marquinha sequer.
– Eu estava no encalço de sua namoradinha, Kelly White – disse Kowalski. – Ela o infectou com algum troço. Quero que me descreva essa parada.
– Cacete! Ai, porra! Larga meu... *Ah!*
– Quanto mais detalhes, melhor. Conte-me como esse troço age. Por que você não pode ficar sozinho?

Kowalski puxou Jack para mais perto, fazendo com que sua cadeira metálica se arrastasse contra o linóleo, e, ao mesmo tempo, afrouxou a pegada no dedo.

– Sussurre aqui no meu ouvido, Jack.

Com a aproximação, Jack percebeu que uma das suturas em Kowalski não estava lá da melhor qualidade. A linha rosa usada no ponto estava cercada por uma poça de sangue escuro prestes a escorrer.

Ao lado do nariz, havia uma farpa de vidro bem fina cravada na pele.

Vai ver o cara *de fato* trabalha para o Departamento de Segurança Nacional, pensou Jack.

Caso contrário, deveriam contratá-lo, pois o sujeito não estava nem aí para qualquer tipo de desconforto.

O que Jack ia fazer? Retrucar?

Melhor contar.

Começou explicando como conhecera Kelly White, mas Kowalski não quis ouvir essa parte. Mandou-lhe pular para mais tarde, quando já estava no quarto do hotel com a loura. Jack tentou lembrar-se de tudo que podia sobre as Mary Kates, cujo criador as chamava de "Proximity". Dispositivos de localização no sangue, conectados a um satélite. Os de Kelly tinham um defeito letal. Kowalski fez que sim com a cabeça. Quis saber mais detalhes. Perguntou sobre as tais nanomáquinas. Foi isso que ela disse?

Nanomáquinas? Meu Deus, alguém ali estava acreditando nele! Talvez o cara já estivesse por dentro da história.
– Ah, e tem mais – continuou Jack. – Ela me envenenou. Com uma toxina. Não... uma toxina luminosa.
– Uma toxina luminosa, é? Sei.
– Pois é! Disse que eu morreria em... – Ele olhou para o relógio. – Ai, cacete! Daqui a uma hora e meia.
– O negócio está feio, então. Mas tenho certeza de que cuidaremos disso.

Kowalski soltou o dedo de Jack e levou a mão ao queixo para coçar. De alguma forma, a ponta do dedo não tocava nas duas lacerações profundas.
– Hmm... Vou experimentar uma coisinha.

Kowalski levantou-se e pegou a sacola de ginástica com a qual entrara na sala. Colocou-a sobre o colo de Jack.
– Segure isso aí por um minuto.
– O que é isso?
– Não se preocupe. – Kowalski se levantou e mancou até a porta. O suporte metálico em sua perna rangia com seus movimentos. Ele deu duas batidas.
– Espere. Aonde está indo? Você não ouviu o que eu disse? Se eu ficar sozinho, vou...
– Tá, tá. Já sei de tudo. Ah, e vê se não larga essa bolsa, falou?
– Esse troço está fedendo.

Kowalski saiu e bateu a porta.

6:55

Um, dois, feijão com arroz.
Três, quatro, feijão no prato.
Cinco, seis, falar inglês.

Sete, oito, comer biscoito.
Nove, dez...
Comer pastéis.

Kowalski esperou mais alguns segundos, só para ter certeza. Abriu a porta e deu de cara com Jack, pálido, suando e se contorcendo na cadeira, porém vivo. A sacola ainda em seu colo.

— O que você fez? Como estou vivo ainda?

Pelo visto, os dispositivos rastreadores no corpo de Jack detectaram os dispositivos presentes no cabeção de Ed dentro da sacola. O hospedeiro não precisava estar vivo. Os dispositivos só precisavam estar presentes no raio de três metros. Exatamente como Jack dissera.

Informação muito útil.

E era basicamente tudo de que ele precisava. Agora bastava pegar a sacola de ginástica, deixar esse cara ali, dizer ao camarada Sarkissian que o deixasse ali sentado por um minuto para refletir sobre algumas coisinhas... Ih, não. Vacilo. E se Kelly White estivesse morta? Ele precisaria de uma testemunha viva. Pelo menos, em curto prazo. Até ele compreender qual era o plano da CI-6.

Ele admitia. Era a primeira vez que o afastavam de uma operação.

Aquilo o incomodava.

Então, tudo bem, mudança de planos: levaria o cara, encontraria Kelly White – caso ainda não tivesse partido dessa para a melhor. Depois, enfiaria o cara em um armário e desejaria tudo de bom para ele no além. Pediria que ele desse lembranças ao Prefeito McCheese.

Se Kelly White já tivesse empacotado... então, o negócio era conseguir um esconderijo, procurar um advogado e se preparar para a bomba, pois a CI-6 podia estar decidida a cortar relações com um tal de Michael Kowalski.

E Kowalski não podia deixar isso acontecer. Pelo menos, não até que ele tivesse concluído sua guerra, vingando-se por Katie.

– Está pronto, Jack?

– Pra quê? Você não me ouviu? Eu fiz uma pergunta.

– Sim, ouvi. Só que, se eu fosse você, não perderia tempo. Essa toxina luminosa é uma desgraça. E, segundo seus cálculos, você tem menos de duas horas de vida. Precisamos levá-lo a um hospital.

Depois de alguns minutos e outra olhada no holograma das águias voando, Kowalski conseguiu assumir a custódia de Eisley.

Enquanto fingia analisar a papelada, Kowalski percebeu dois cartazes de "Procurado" na parede. Um deles mostrava um ex-policial corrupto aparentemente em fuga com seu quase cunhado. Que mundo pequeno. Kowalski queria poder contar a verdade ao FBI e poupá-los do trabalho. Queria contar que o ex-policial estava enterrado sob toneladas de concreto em Camden, Nova Jersey. Ninguém melhor que Kowalski para saber disso. Ele mesmo o enfiara duto abaixo.

Seu quase cunhado, entretanto, era outra história. Kowalski queria esquecê-lo, mas não conseguia. Ele fizera parte da vida de Katie. Era meio-irmão. Mas, ainda assim, parte dela. Muito provavelmente, a única parte que restara.

Talvez então Kowalski não fosse um monstro, no final das contas. Um monstro teria deixado o cara morrer.

7:32
Hospital Pensilvânia, quarto 803

Kowalski só precisou mostrar a carteira para descobrir o número do quarto da tal mulher que chegara no meio da noite; a recepcionista, uma loura de cabelo arrepiado, ficou impressionada.

Departamento de Segurança Nacional. Nossa, gente! Que país mais seguro é esse! As pessoas gostavam mesmo do holograma das águias. Ele acompanhou Jack até o oitavo andar. Jack não parava de olhar para o relógio, todo nervoso. Achava estar a caminho de um centro de controle de envenenamento. Hilário. Esse cara nunca assistira ao filme *Morto ao chegar*? Aquela história o fazia gostar mais ainda de Kelly White.

Kelly estava na cama, toda entubada. As costas arqueadas. Os olhos agitavam-se sob as pálpebras. Entretanto, não estava sozinha.

Um sujeito alto de cabelos ralos inclinava-se sobre ela, segurando uma seringa.

– Oh – disse ele –, você veio salvar Vanessa, não foi?

– Na verdade – respondeu Kowalski –, vim para o café da manhã. Os pasteizinhos de salsicha daqui são deliciosos.

Hum, quer dizer que ela se chama Vanessa.

O homem se endireitou e sorriu.

– Você chegou bem na hora em que eu a colocava para dormir. Estamos nos preparando para uma viagem bem longa no final de semana. Só nós dois.

– Muito bom – respondeu Kowalski, aproximando-se da cama. O suporte metálico na perna rangia. – Estão indo a algum lugar quentinho?

– Quente de rachar o crânio.

Ali estavam dois monstros analisando-se. Kowalski sacou tudo nos olhos do cara, atrás da máscara de ursinho e cabelo louro ralinho. Os olhos... sim, os olhos revelaram tudo. Ele vira muitas atrocidades. Causara algumas também.

– Pelo jeito, não estão levando muita bagagem. Talvez queiram minha sacola emprestada.

– Parece que já está cheia.

– Que nada. Não tem muita coisa aqui. Dá só uma olhada.

Ele soltou a bolsa sobre a cama, entre as pernas de Kelly.

O homem de cabelos ralos olhou para o sujeito atrás de Kowalski.

– Quem é seu amigo?

– Vamos nos casar em abril. Eu sempre quis ser uma noiva primaveril. Vamos. Dá só uma checada na bolsa.

– Ele arranha na cama? É que seu rosto está uma desgraceira.

– Ele é um grosseirão, mas a gente se ama.

Sr. Cabelinho Ralo não ia olhar a bolsa. Era um monstro esperto demais para isso. Não se distrairia nem por um decreto. Mesmo assim, a distração apareceu.

Kelly abriu os olhos de repente. Com um rápido movimento da mão esquerda, agarrou a mão do Operador – a que segurava a seringa – e a forçou para baixo e para trás. O que se seguiu foi uma violenta espetada de agulha no abdômen muitos centímetros abaixo do umbigo. O cara fez um "O" perfeito com a boca.

– Desgraçado – sussurrou Kelly.

Kowalski foi rápido. Com a mão espalmada, acendeu a cara do sr. Cabelo Ralinho com um golpe bem no meio do nariz. Mas Cabelo Ralinho não ficou tão atordoado. Então Kowalski baixou-lhe outro sopapo, dessa vez nas costas. Bem mais violento.

O cara se desvencilhou da mão de Kelly, puxou o monitor cardíaco e o jogou na cara de Kowalski. Atrás do aparelho, os fios despontaram feito longos cachos. Kowalski cambaleou para trás. Chocou-se contra uma mesa com instrumentos de aço, que voaram para todos os lados. Sentiu o sangue verter ao lado da face mesmo antes de ele aterrissar no chão de linóleo. As mãos tremiam descontroladamente. Que droga.

7:34

Jack assistiu à selvageria em sua frente com a neutralidade de uma pessoa testemunhando uma violenta batida de carros. Não estou envolvido nessa. Não tenho nada com isso. Eles estão lá e eu, cá. E ainda estou vivo.
Ainda estou vivo.
Jack olhou para o relógio.
Já são mais de sete e meia da manhã e ainda estou vivo.
Toxina luminosa é o cacete.
Ela mentiu.
Sobre tudo?

7:34:10

Vanessa tentou achar a seringa novamente para enfiar mais profundamente dessa vez. Queria rasgar-lhe a barriga. Injetar-lhe diretamente na porcaria da espinha.

Mas ele se desviou bem depressa.

– Que boca suja, hein, Vanessa!

O Operador pôs a mão espalmada sobre a bochecha direita de Vanessa. Em seguida, empurrou-lhe a cabeça de volta ao travesseiro, prendendo-a lá. Não foi preciso muita força. Provavelmente conseguiria imobilizá-la com um dedo.

– Chega de brincadeira.

Ele puxou o cabo de segurança atrás da cama.

7:34:30

Kowalski estava sendo arrastado pelo chão. Ouvia o apoio enferrujado, que servia como tala para a perna, arranhando o linóleo. No rosto, as suturas rosa e roxo rompiam-se. O monstro estava se libertando. A queda fora violenta pela manhã. Enfraquecera-o e o deixara vulnerável. O monstro maior estava no comando. Como pôde achar que uma simples bofetada derrotaria o cara? Um alarme de segurança berrava pelo hospital. No corredor, viam-se luzes piscando.

O monstro maior o levantava agora.
O monstro maior esmurrava-lhe a face.
O monstro maior desapareceu quando ficou tudo escuro.

7:34:55

— Você aí — O sujeito de cabelo ralo apontou para o corredor. — Fora.

Seguiu Jack, que tombou para o corredor e por um triz não tropeçou no corpo ensanguentado e quase inconsciente de Kowalski. O corredor virou um inferno. Enfermeiras afastavam-se. Pessoas em cadeiras de roda olhavam assustadas. Dois seguranças avançavam contra eles.

O cara que arrastava Kowalski puxou um crachá do paletó, gritou alguma coisa do tipo "Departamento de Defesa" e mandou que um dos seguranças guardasse a porta.

— Não deixe ninguém entrar. *Ninguém*. É uma questão de segurança nacional. Ninguém entra no quarto, entendido?

Disse então que chamaria reforços. Os guardas assentiram. Oh, eles entenderam. *Ninguém.* Então o cara cruzou o corredor e dobrou para o outro lado.

Sei, pensou Jack. Aquele desgraçado não ia sair dali nem ferrando. Não depois de tudo que ele, Jack, passara à noite.

Jack precisava de algumas respostas.

7:36

No final do corredor, o Operador pegou um roupão do hospital na pilha sobre uma mesa metálica. Chamou o elevador para descer. Segurou o roupão na frente da barriga. Sentia o sangue escorrendo pela virilha, fazendo uma poça nos fundos da cueca. Ela o pegara de jeito.

Mas não era nada grave. Só ia precisar levar alguns pontos.

E, àquela altura, o Proximity já teria entrado em ação e Vanessa já estaria morta. Ele achava uma pena não ter podido ficar para assistir à cena.

Poderia ter inclusive filmado tudo.

– Espere! – alguém gritou.

O Operador se virou. Era o cara do quarto, o que chegara acompanhando o valentão.

– Quem é você? – indagou o cara. – E de onde conhece Kelly White?

A princípio, ainda lá no quarto, o Operador não dera a menor importância a esse cara, que não representava qualquer ameaça; ele não faria nada. O amigo dele, sim, era motivo de preocupação – embora, no fim das contas, a história tivesse tomado um rumo bem diferente. Alguém já tinha dado uma lição no filho da mãe. Acabou que foi surpreendentemente fácil dar-lhe um sacode.

Mas esse cara... Quem era ele, afinal?

Ah, mas que importância tinha isso? Ele tinha mais o que fazer: uma ferida precisando de ponto, uma arma a ser vendida, alguns lugares aonde tinha de ir...

– Cai fora – ordenou o Operador.

– Nada disso. Não vou *cair fora*. Você está por dentro de toda essa parada no sangue de Kelly, não é mesmo? As tais Mary Kates?

Ah, esse nome.

O Operador respirou fundo e então acertou os testículos do cara com uma joelhada.

Que coisa; não era para ele estar fazendo isso.

Deveria estar fazendo com que nações se ajoelhassem, não esse Zé-ninguém.

7:37

Dentro do quarto, Vanessa se perguntava duas coisas: Primeira: Como ainda estou viva? E segunda: Que diabos está dentro dessa bolsa?

Então, a porta se abriu de supetão.

7:38

Não houvera tempo para ameaças. Nem para encantar dois guardas de segurança do hospital com nenhuma águia holográfica. Pelo menos não com uma cara ensanguentada, o punho direito latejando e a perna direita pedindo arrego.

Assim sendo, Kowalski enfiara a mão no peito do primeiro guarda que viu na frente. O golpe foi suficientemente bom para paralisá-lo, mas não o bastante para lascar o osso do peitoral, mandando punhais de cálcio direto ao coração. O cara deu um solavanco e perdeu o controle dos membros. Vai ver até pensou estar tendo um infarto, que era justamente o objetivo daquele golpe.

O outro guarda foi presenteado com uma prensada na garganta. Novamente, o golpe não fora tão pesado a ponto de matar; foi apenas um sossega-leão. O homem caiu de joelhos, segurando a garganta com os dedos, como se pudesse, de alguma forma, dar um jeito no problema.

Kowalski passou por eles, abriu a porta a cacetada, aproximou-se da cama, mancando feito um desgraçado, quase esbarrou nela. E então caiu. Seu corpo gritava: *Pare. Pare. Repouse.*

Só depois que eu morrer.

Kowalski esticou o braço e agarrou os lençóis. Em seguida, encontrou um beiral da cama, onde apoiou-se para se erguer.

– E aí! – disse, arrastando-se com dificuldade. Olhou para Kelly, que estava estupefata. Entre as pernas, a sacola de ginástica contendo a cabeça de Ed.

Exatamente onde Ed quisera estar na noite anterior.

Pronto, amigão. Missão cumprida.

– Sem querer ser grosseiro, mas tenho de pegar seu namorado.

– Tudo bem – respondeu Kelly, praticamente balbuciando. *Tudo bem.*

Mas Kowalski compreendeu. Olhou para a mesa próxima à pia e viu algo de que precisava.

– Espero que vocês dois não sejam tão grudados um ao outro.

Retirou a tampa de uma seringa estéril, abriu o zíper da sacola. Procurou o ponto certo – parte do toco do pescoço – e enfiou bem ali. Puxou o êmbolo de volta.

– Vou fechar a bolsa de novo e quero que você prometa que não vai olhar. E que vai mantê-la bem aqui. Vá por mim.

Kelly esticou o braço. Tocou-lhe o queixo com as pontas dos dedos. Apertou os olhos, como se dissesse: "Nossa, pelo jeito isso aí está doendo."

– Você é uma graça, mas espere aí que eu já volto.

7:39

Jack Eisley estava exatamente na posição que ele pensara que estaria naquela manhã: de joelhos, segurando os testículos, sentindo a pior dor de sua vida.

Só que, em vez de ajoelhar-se perante Donovan Platt, estava diante de um fortão escroto, de cabelo ralo. Alguém que podia lhe explicar toda aquela história. As Mary Kates. O veneno de meia-tigela. Seu pesadelo que já durava onze horas.

E, ainda que se considerasse um sujeito razoavelmente do bem e da paz, que preferia um papo franco a uma troca de socos – apesar de ter dado um murro na boca do estômago de uma linda mulher no começo do dia –, Jack atingira seu limite. À sua frente, não se encontrava um sujeito chegado a papos francos. Era um homem que claramente preferia a linguagem da dor.

Então, Jack fechou a mão em punho e deu-lhe um soco no estômago – bem no ponto onde Kelly atingira.

Ah, o cara uivou. E como uivou!

Jack gostou tanto daquele som, que deu outro soco no mesmo lugar. O homem protegera a área com as mãos, de forma que o segundo golpe pegou nos nós dos dedos. Mesmo assim, fez algum efeito. O homem gritou, cambaleou para trás e caiu sentado. Jack tentou levantar-se, mas a dor no saco era muito forte.

– Muito bem, Jack – disse uma voz atrás dele. Kowalski. – Marcou um ponto para o time da casa.

Kowalski passou por ele, mancando, e foi em direção ao homem de cabelo ralo. Para trás, escondida nas costas, uma das mãos segurava a seringa com o polegar tocando o êmbolo. A seringa continha um líquido vermelho escuro.

Jack quase sentiu pena do cara de cabelo ralo.

7:40:10

Primeiro, Kowalski mandou um bofetão desajeitado na garganta do sujeito. O cretino já conseguia prever o golpe. Como era de se esperar, Cabelinho Ralo caiu, chutou e deu uma rasteira em Kowalski. Então, de uma hora para a outra, ele estava sobre o cara, feito um universitário.

E Kowalski enterrou a agulha no pescoço de Cabelinho Ralo. Apertou o êmbolo.

O sujeito ficou com cara de pastel, sem entender nada. Sentira a picada, mas não sabia de onde viera. Ele então se virou e esticou o braço. Sentiu a seringa. Arregalou os olhos.

Kowalski poderia ter dito mil coisas, mas concluiu que o silêncio era pior.

Limitou-se a um sorriso. Um sorriso curto e discreto.

E a um olhar. Uma troca telepática, para ser mais preciso: "Você sabe o que é isso, não sabe, garotão?"

Cabelinho Ralo puxou a seringa do pescoço, provocando um jato fino de sangue. Em seguida, ergueu a seringa para trás. Cerrou os dentes. Preparou-se para aplicar cada grama de seu peso em um golpe que levaria a seringa suja bem no meio da face de Kowalski, penetrando-lhe a pele, atravessando o osso, chegando à cavidade craniana.

Kowalski apoiou-se com o braço bom e a perna ruim.

A seringa mergulhou para baixo.

O movimento de Cabelinho Ralo foi bloqueado pelo pé de Kowalski, atirado no último instante, e esticado de volta para trás até o limite máximo. Se bobeasse, dava até para o cara beijar-lhe o joelho.

Então, Kowalski aplicou o golpe de uma perna só – o melhor de toda a sua vida.

Cabelinho Ralo foi atirado para trás.

Estraçalhou a janela.

Tombou para trás, saindo da moldura cheia de pontas afiadas.

7:41:45

HA HA HAAAAAA.

A única coisa que Kowalski desejava agora era deitar-se e ficar parado, recuperar o fôlego, dar um tempo para que seus músculos e ossos se ajustassem aos choques múltiplos. Então, ouviu a gargalhada. A gargalhada estridente e debochada de um valentão da escola que acaba de entrar na puberdade, mas que, de vez em quando, tem uma recaída e volta a ser criança.

– HA HA HAAAAAA.

Vinha lá de fora. Além da janela quebrada.

Jack estava ouvindo isso? Kowalski se virou e levantou a cabeça e, sim, pelo jeito, Jack também ouvira. Ainda protegia o saco com as mãos, mas também olhava para a janela.

Filho da...

Ele rastejou até a janela. De seu lado não havia pedaços de vidro no chão, graças a Deus. Ouviu um zum-zum-zum lá atrás. Enfermeiras, médicos, seguranças, talvez até padres, freiras, leprosos, anjos e políticos.

Primeiro, uma das mãos para cima. A mão boa. De todas as suas aflições ali, a pior era a dor que sentia no punho direito. Presentinho de sua adorável Kelly.

Hora de se erguer. Isso mesmo, soldado. Vá em frente, olha para baixo. Olhe para o lado do prédio a partir do oitavo andar e veja.

Ah, sim!

O desgraçado de cabelo ralo, agarrado ao apoio metálico de um condicionador de ar dois andares abaixo.

Olhava diretamente para Kowalski com escárnio. Estava aguardando-o.

– *Não vai ser assim tão fácil* – gritou.

Dois andares abaixo. Kowalski verificou a distância da melhor forma que pôde, mas... sim. Parecia certo.

– Sabe como você está? – indagou Kowalski.

Cabelinho Ralo ficou com uma expressão confusa. Em seguida, contorceu-se. Talvez a ficha estivesse começando a cair. Talvez a cabeça estivesse começando a pulsar.

Kowalski não injetara apenas uma ou duas Mary Kates. O sangue da cabeça de Ed com certeza estava *repleto* delas. Não haveria necessidade de horas para gestação e multiplicação. Havia uma quantidade suficiente ali para entrar em ação.

– Está a mais de três metros.

E Kowalski deu graças a Deus por ser o único a olhar para fora da janela. Porque ninguém precisava ver o que aconteceu em seguida.

A explosão.

A explosão quádrupla, de um vermelho intenso, saindo pela boca, pelo nariz, olhos, esguichando-se na parede do prédio feito um jato de mangueira.

Os dedos do cara soltaram-se do condicionador de ar.

Seu corpo caiu no cemitério histórico lá embaixo.

Onde se enterravam aqueles que não conseguiam ser salvos antigamente, no período colonial, quando se morria de causas naturais e não em função de máquinas microscópicas que chegavam ao cérebro e faziam-no explodir.

Kowalski só tirou os olhos quando se deu por satisfeito. Não se contorceu nem por um segundo. Não se surpreendeu. Já vira aquilo antes.

Mas não.

Nada.

Virou-se e cruzou o corredor. Usou a mão boa para enfiar no bolso, à procura da carteira de identificação do Departamento de Segurança Nacional. Com sorte, as águias holográficas fariam a mágica mais uma vez. Cristo rei, havia muito a ser explicado.

7:50

Em questão de minutos, Kowalski dera um jeito da melhor forma possível. A parte mais complicada fora se desculpar com os seguranças que ele atacara e *então* fazê-los concordar em montar guarda na porta do quarto 803 até a chegada de reforços. Mas graças ao bom Deus eles concordaram. Sem dúvida, o que os motivou a concordarem foi que Kowalski lhes dissera que o morto no cemitério era um terrorista internacional. E que provavelmente eles receberiam medalhas e o cacete.

Os seguranças mantiveram os funcionários do hospital afastados, deixando o quarto só para os quatro.

Kowalski ficou parado, encostado na parede.

Kelly, na cama.

Jack, esparramado em uma cadeira para visitantes, feita em couro e madeira.

A cabeça de Ed, na sacola da Adidas, repousava num canto próximo à porta. O fedor já começava a se manifestar.
— Você está bem, Jack? — perguntou Kowalski.
— Melhor do que nunca — respondeu Jack, que, em seguida, olhou para Kelly, enfiada nas cobertas, de olhos cerrados. — Se bem que teria sido melhor se eu soubesse que não fui envenenado tipo... onze horas atrás.
Kowalski sorriu, debochando.
— Toxina luminosa, Jack? Isso é coisa daquele filme *Morto ao chegar*. Tipo, do original mesmo, não da refilmagem escrota com a Meg Ryan.
— Eu assisti, mas nunca ouvi falar nessa merda de toxina luminosa.
— Ela fez um jogo psicológico contigo, meu irmãozinho. Lá no hotel, dei uma checada na bolsa que ela carregava. Ela usou disulfiram, meu chapa. Uma pílula, quinhentos miligramas. Inodoro, sem cor, bastante solúvel. Na sua cerveja. Causou tontura, enjoo, mas nada letal.
— Disul o quê?
— Disulfiram, vulgo Antietanol. É o troço que dão para os alcoólatras pararem de encher a cara. Ela provavelmente pegou o treco na bagagem de algum otário. Estou certo?
Kelly deu um sorriso amarelo. Os olhos ainda fechados.
— E a outra parada? — indagou Jack. — As Mary Kates? Tudo golpe?
— Receio que não.
— Que maravilha.
— Cara, estamos juntos nessa. Vamos resolver essa parada. Eu trabalho mesmo pro governo, é verdade. Em um departamento secreto. Vou encaminhar você e Kelly para uma transfusão de sangue. Se não der certo, conseguimos mais transfusão. Estamos no Hospital Pensilvânia, o hospital mais velho do país. Descobriremos

um jeito de normalizar o estado de vocês, nem que seja preciso aplicar uma porrada de sanguessugas.

Com toda a sinceridade, muito improvável.

Mas era preciso dar alguma esperança às pessoas.

Mais cedo ou mais tarde, ele teria de tirar Kelly White – ou Vanessa, caso fosse seu nome verdadeiro – dali. Na pior das hipóteses, encheria uma seringa com sangue da cabeça de Ed, cheio de Mary Kates. Com seu DNA. Enquanto Kelly mantivesse o negócio próximo, estaria a salvo. Podia ser pior. Imagine só precisar catar sacos de colostomia.

Em seguida, ele teria de conseguir um veículo para sair dali. Descobrir o envolvimento da CI-6 naquela história.

E, por falar nisso...

Kowalski pegou o telefone do quarto, usou o cartão pré-pago, discou o último número que recebera para Nancy.

Ela atendeu.

– Estou com o que você quer.

– Como assim?

– Eu lhe disse que conseguiria.

– Michael... essa não. Michael.

Ela o estava chamando pelo primeiro nome. Nunca o fazia.

– Algo errado?

– O que está fazendo? Essa missão já tinha acabado pra você.

– Eu nunca falho, você sabe disso.

– Dessa vez, falhou sim. Onde você está? E tem mais alguém com você?

– Tipo quem?

Kowalski ouviu um resmungo atrás dele, mas ignorou. Precisava ouvir dela. Até que ponto estava envolvida naquilo? Queria saber se ela estava fazendo jogo duplo.

– Encontrou alguma oposição? – perguntou a chefe.

– Perguntei primeiro: tipo quem? Talvez um sujeito de cabelo ralo, minha prendada Nancy?

Algo acertou o ombro de Kowalski. Um copo de plástico duro, rosa escuro, coisa do hospital...

Que diabo...

Quando se virou, Kowalski viu imediatamente.

Jack sumira com a sacola de ginástica.

Dos quatro, restavam dois agora.

Ele olhou para Kelly: abrira os olhos, estava boquiaberta, apontando para a porta, com uma expressão como se dissesse: "Tentei te avisar."

– Espere um pouco, que eu já te ligo – disse Kowalski.

O COMPROMISSO

7:58

*Hotel Sofitel,
esquina da rua 17 com a Sansom*

N ão levou muito tempo para o táxi cruzar a cidade e chegar ao hotel. Donovan Platt escolhera um lugar requintado, provavelmente para intimidar. Porteiros com uniformes bem passados. A entrada principal afastada do burburinho da rua do centro de Filadélfia. E adivinha só? Ele conseguiu intimidar mesmo. Ao passar pelas portas, Jack se sentiu um ferrado. Antes de embarcar para a cidade, lera alguma coisa sobre esse hotel, ponto preferido entre atletas e músicos. Billy Joel se hospedara ali havia pouco tempo, segundo uma coluna de fofoca. Imagine só! *Billy Joel*. O cara que compusera a canção ao som da qual Jack e Teresa dançaram na festa de casamento: "To Make You Feel My Love." E agora Jack estava ali para se encontrar com o advogado e cuidar do divórcio. Deus do céu, a história concluíra a exata volta de 360 graus.

Quando Jack entrou no restaurante, nos fundos do saguão, ainda faltavam dois minutos para a hora marcada.

Platt estava sentado a uma mesa coberta por uma toalha de linho marfim.

Ao lado da esposa de Jack, Teresa.

Ambos de mãos dadas.

Jack sentiu um peso frio no peito que foi descendo para os pulmões, passando para o estômago.

Seu maior temor se confirmou ali.
Ele mantivera-se fiel após a separação.
Ao contrário de Teresa.
Jack sentou-se. Acomodou a sacola da Adidas de forma que ficasse ao lado do pé o tempo inteiro, para que conseguisse sentir caso alguém tentasse afastá-la.

– Quem está tomando conta da Callie?
– Minha irmã – respondeu Teresa, sem olhar para ele.
– Por quanto tempo?
– Alguns dias.
– Acho melhor irmos direto ao que interessa – sugeriu Platt.
– O que interessa, Donovan?
– Não vai ser nada fácil ouvir isso, Jack, mas acho interessante que você pare e reflita por um instante o que é melhor para sua filha.
– Vá se ferrar, *Donovan*. – Ele se virou para a esposa. – Teresa, que palhaçada é essa?

Teresa recusava-se a olhar para ele.

– Jack, escute o que temos a dizer.

O que *temos*.

Naquele momento – e no olhar que trocaram –, a ficha caiu. De fato, Jack envolvera-se demais com o trabalho. Demais para sacar que os finais de semana que Teresa dizia passar na casa da mãe em Toledo eram, na verdade, na Filadélfia. Sem dúvida ela viajava com Callie e a deixava com a avó. E a velha sabia, passava a mão na cabeça da filha e provavelmente dava a maior força.

– Há quanto tempo você tem comido minha esposa, Donovan?
– Jack – disse Teresa.
– Você tem duas opções, Jack. Ou nos escuta e ainda desfruta do direito de visitar sua filha ou não nos escuta. Qualquer juiz neste país concederá a guarda total da criança a Teresa. Sobretudo aqui na Filadélfia, onde os juízes são conhecidos meus.

Aquela foi a gota d'água. Jack chegara ao limite. Era isso que ele temia e evitara imaginar: perder Callie.

Achava que não precisava se preocupar e ficou se enganando, com a ideia de que, independentemente do casamento ter ido por água abaixo, Teresa não negaria à filha o direito de ver o pai; não era esse tipo de mulher. Seus pais eram divorciados. Jurou que a filha não teria de passar pela mesma coisa.

– Se eu fosse você, escutaria a proposta que tenho a fazer – aconselhou Donovan. – Caso contrário, será muito difícil ver sua filha depois que estivermos morando definitivamente aqui.

– Na Filadélfia – confirmou Jack.

– Isso mesmo. Em Bryn Mawr, mais precisamente. As escolas são um espetáculo.

Jack olhou para a esposa.

– Filadélfia.

Ela finalmente olhou para ele.

– Jack, mesmo quando estava em casa, você ficava com a cabeça em outro lugar. Não adianta querer agora tapar o sol com a peneira.

– É o melhor para Callie – afirmou Donovan. – Supere a raiva, passe por cima do orgulho e conseguirá compreender. Vai nos dar razão. E sei que você é um pai bom demais para deixar que seus sentimentos atrapalhem o futuro de sua filha.

Filadélfia.

Um garçom se aproximou, mas Platt ergueu a mão espalmada e sinalizou que se afastasse. Abaixou o braço esquerdo e pegou uma pasta azul-marinho com o nome de sua empresa em alto relevo, todo dourado: PLATT GLACKIN & CLASK. Entregou-a a Jack, que a pegou e a colocou sobre o guardanapo. Ao abri-la, viu diversos formulários e acordos com seu nome e o nome de Callie. Havia também menções a quantias em dólares, e viu as palavras *permissão de viagem*, mas Jack não conseguia focar em nada.

Presa ao lado da pasta, estava uma caneta azul com detalhes dourados e letras igualmente douradas com os nomes PLATT GLACKIN & CLASK.

Ficava com a cabeça em outro lugar.

Não adianta querer agora tapar o sol com a peneira.

Jack então percebeu que Donovan tinha razão. Havia apenas uma coisa atrapalhando o futuro de sua filha.

— É um acordo generoso, Jack. Na primeira página à esquerda...

— Primeiro — interrompeu Jack —, quero pedir uma coisa.

— Manda, Jack.

— Quero dar um beijo de despedida em minha esposa.

— Não acho que seja...

— Cale a boca, *Donovan*. — Jack se levantou, deu a volta na mesa até Teresa.

— Não faça isso — ela pediu, olhando para a frente.

Ainda assim, Jack se inclinou e encostou os lábios nos dela. Teresa tocou-lhe o rosto com as mãos geladas, tentando afastá-lo, mas ele insistiu e penetrou-lhe a boca com a língua. Teresa estava com a boca de café amargo. Ele a empurrou para trás e segurou-lhe a cabeça com as mãos e deu-lhe mais um beijo.

— Pelo amor de...

Jack interrompeu o abraço.

— Adeus, Teresa.

E então pegou a sacola da Adidas e começou a se afastar.

— Eisley, volte aqui seu filho da puta. Não faça isso com sua filha.

Jack se virou.

— Não desgrude dela agora, Donovan. É o tipo de mulher que não dá para deixar sozinha.

UM DIA DEPOIS

17:17

Fernwood Court, Gurnee, Illinois

A irmã de Teresa ficou surpresa ao ver Jack. Esperava que Teresa voltasse, não ele.
– Esse final de semana não é seu – disse, gaguejando. Parecia saber também.
– Se quiser confirmar, ligue pra ela – sugeriu Jack.
Ele estava cansado da viagem. Não fora nada simples voltar a Illinois. Os detectores no aeroporto teriam tido uma surpresa desagradável quando passassem pela bolsa da Adidas. Não que a descoberta que ele fizera tivesse sido menos chocante. Ainda bem que estava num banheiro de uma lanchonete quando olhou. Conseguiu mais ou menos sufocar o grito.
Assim, não teve como pegar um avião.
Nem alugar um carro – estava sem nada: carteira, habilitação, cartões de crédito.
Então, o negócio era pegar ou um trem ou um ônibus. De trem era mais rápido. Um pouco mais de um dia. Jack ligou para o editor no jornal, convenceu-o a fazer um doc em sua conta para conseguir comprar a passagem para Filadélfia. Disse que depois explicava, mas que tinha uma história do cacete pra contar.
Não para ser publicada. Não ousaria colocar isso no jornal.
Mas certamente escreveria sobre o ocorrido. E guardaria o manuscrito no cofre de um banco, com cópias a serem enviadas

a diversos jornais norte-americanos e ingleses, caso ele morresse. Tudo acompanhado de provas, é claro: ampolas contendo sangue da cabeça.

Jack não sabia se veria Kowalski novamente, mas queria se preparar caso isso acontecesse.

De alguma forma, achou que Kowalski fosse gostar disso.

Jack ouviu pisadas e, quando viu, era a filhinha descendo as escadas toda contente.

– Papai!

Ela sempre dava os abraços mais deliciosos do mundo: tão apertados que quase faziam o coração do pai explodir. Nada se comparava àqueles abraços.

– *Que saudade*.

Sentiu vontade de abraçá-la para sempre.

Ah, que alívio para todos os problemas aquele abraço!

Obviamente aquilo não era possível. Assim, ele beijou-lhe a cabecinha, colocou-a para dormir, assegurou à irmã de Teresa que ele estava bem, disse que não fazia ideia de quando Teresa voltaria, mas que ela podia deixar tudo com ele a partir de então, e agradeceu-lhe por tudo (pensando: você sabe muito bem onde está sua irmã – Donovan Platt é um antigo amigo da família, ora essa).

Em seguida, rumou ao porão levando a sacola da Adidas – e um saco plástico contendo umas comprinhas que fizera. Ocupou-se da cabeça, enchendo o maior número possível de ampolas com sangue. Evitou olhar para o rosto.

Ao terminar, levou a sacola para o quintal, onde cavou um buraco raso. Enfiou a sacola ali, forçando-a para baixo com o pé, e então começou a cobrir o buraco com terra.

Jack pensou no medalhão que ia comprar para Callie. Cairia bem se comprasse um com formato de coração. Com uma parte côncava envidraçada.

Algo que ele teria de fazê-la prometer usar para sempre, em qualquer situação.

Igualzinho à ampola que ele colocara ao redor do pescoço.

Quem sabe.

Aquilo podia até uni-los mais ainda.

DOIS DIAS DEPOIS

21:57

Ruas Adler e Christian, sul da Filadélfia

Lá estava Kowalski, com sua mira exímia enquadrando uma cabeça. É... com certeza, aquilo ia dar o que limpar.

O cara cuja cabeça estava na mira de um assassino profissional não fazia a menor ideia de nada. E comia outra fatia de pizza branca – caramba, esse cara só sabia comer isso? Dessa vez, não estava tomando Orangina. O gorducho estava bebendo coca diet. Até parece que adiantava alguma coisa.

Era bom estar de volta à missão. Sem dúvida alguma, havia ainda muitas coisas a esclarecer, mas certamente dava para buscar os devidos esclarecimentos e acabar com a raça de todos os membros da Cosa Nostra da Filadélfia simultaneamente.

Eles roubaram-lhe uma possibilidade de futuro. Seu futuro com Katie e seu bebê.

Então, o negócio era roubar-lhes o deles.

Voltando ao gordo.

Preparar.

Dedo indicador no gatilho.

Ajustar o ângulo de forma a permitir o máximo de esguicho.

E...

E Kowalski sentiu a vibração na perna ferrada – finalmente amparada por um apoio decente.

Livrara-se do antigo telefone jogando-o no depósito de lixo biológico do hospital. O novo era idêntico ao anterior. Ultrafino, com uma tira de braço projetada para atletas. Apenas uma pessoa tinha o número. Kowalski conectara o fone com o microfone ao redor da orelha.

– Tá ocupado?
– Mais ou menos. E você?
– Acho que dormi o dia todo.
– Que bom.

Após certificar-se de que Kelly estava bem – na verdade chamava-se Vanessa Reardon, como ele confirmara –, Kowalski a transferiu para um esconderijo não listado. Um lugar do qual nem mesmo a CI-6 tinha conhecimento.

Ah, e tem mais: a CI-6 o assegurara de ter punido Nancy por seu esquema obscuro com Matthew Silver, vulgo o Operador, também conhecido como o Cara no Cemitério com a Cabeça Estourada. Tratava-se de algo muito sério, e a pena para Nancy seria igualmente severa. Para terminar de queimar o circo, a secretária adjunta da CI-6 revelou a Kowalski que nenhuma das tarefas a ele delegadas naquela noite de quinta-feira fora oficial. Na verdade, as ordens tinham vindo do Operador, tendo Nancy como intermediária.

Não, não, a secretária adjunta não o culpou por isso. Não havia como Kowalski saber de nada. Ela usara os protocolos corretos. E estava apenas seguindo ordens, certo?

Certo, mas ainda assim...

O repentino e insaciável interesse da secretária adjunta com relação às Mary Kates – "O que elas fazem mesmo? Quer dizer que elas se autorreplicam, né? Não me diga!" – deixou Kowalski com a pulga atrás da orelha. Assim como ficaria se um garoto de 15 anos se mostrasse, de uma hora para outra, interessado em armas de fogo.

Aquele mal tinha de ser cortado pela raiz.
Sobretudo se o que Vanessa lhe contara fosse mesmo verdade. Que pelo menos 14 mil pessoas – e o número continuava a aumentar – tinham o troço latente no sangue. Aguardando um comando de um satélite em algum lugar.
A secretária adjunta ainda não sabia disso.
Deliberadamente, Kowalski retardara ao máximo o fluxo de informações; precisava de tempo para esquematizar uma estratégia. Não contou a ninguém sobre a prova em San Diego. Dissera que levaria Vanessa Reardon até eles quando as condições estivessem favoráveis.
Mas os caras já estavam perdendo a paciência. Logo mandariam alguém atrás dele.
E de Vanessa.
– O que está fazendo agora? – ela perguntou.
– Fazendo uma limpezinha. Sabe, eu queria lhe fazer uma pergunta.
O gorducho, ainda sob a mira, tomava as últimas gotas da coca diet. Kowalski sabia disso porque o sujeito virou o pescoço todo para trás, tentando sugar cada gota de cafeína que ainda restava.
– Pode fazer.
– Quer sair pra jantar?
– Acho que consigo aguentar uma aparição em público. Você não imagina o bem que uma chuveirada bem demorada consegue fazer a uma mulher.
– Usando o colar, é claro.
– Jamais o largarei.
No hospital, depois de perder a cabeça de Ed, Kowalski ficou sem saber o que fazer com relação a Vanessa, que ainda continuava impossibilitada de ficar sozinha. De nada adiantaria uma transfusão. Uma nanomáquina que ficasse para trás poderia se replicar mil vezes mais. E não era nada prático ir ao cemitério para coletar

sangue do sr. Cabelinho Ralo, já que a cena estava tomada por policiais e equipes de resgate.

Kowalski então pensara em infectar a si mesmo e então trocar algumas ampolas de sangue. A serem usadas em colares a la Angelina e Billy Bob. Os dois ficariam a salvo.

– Você faria isso? – ela perguntara.

– Eu sou um cavalheiro, pode dizer – ele brincara.

Ele pensara em furar os dedos; ela puxara-lhe a face e o beijara – na boca, nas feridas, nas contusões – selando o pacto.

– Aonde vai me levar para jantar?

Espere.

O gorducho estava se mexendo. Olha só o cara, ajeitando a região do pinto. Preparando-se para um exercício. Já era hora, não era não? A mira o acompanhou.

– Eu estava pensando...

Preparar.

Dedo indicador no gatilho...

– ... em San Diego.

BANG!

BANG!

BANG!

Agradecimentos

A loura não teria acontecido sem Meredith, Parker e Sarah. Tampouco sem Allan "Sunshine" Guthrie, "Marquis" Marc Resnick ou David "Hale" Smith.

O autor gostaria ainda de agradecer a Ray Banks, Lou Boxer (área farmacêutica), Ken Bruen, Angela Cheng Caplan, Bill Crider, Aldo Calcagno (locais), Michael Connelly, Paul Curci, Carol Edwards, padre Luke Elijah, Loren Feldman, Nancy French, Greg Gillespie, McKenna Jordan, Jon, Ruth e Jen Jordan, Deen Kogan, Christin Kuretich (guarda-roupas), Terrill Lee Lankford (por espantar gambás), Joe Lansdale, Laura Lippman, Emily MacEntee, Donna Moore, Kevin Burton Smith, Mark Stanton, Shauyi Tai, David Thompson, Dave White, ao pessoal muito bacana da editora, ao jornal *City Paper*, aos seus amigos e familiares e a todos os louros e louras espalhados mundo afora.

Impressão e Acabamento:
GRÁFICA STAMPPA LTDA.
Rua João Santana, 44 - Ramos - RJ